KODANSHA NOVELS

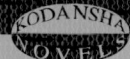

クビツリハイスクール

戯言遣いの弟子

西尾維新

KODANSHA NOVELS

講談社ノベルス

目次

Book Design Hiroto Kumagai
Cover Design Veia
Illustration take

登場人物紹介

哀川潤(あいかわ・じゅん)――――請負人。

紫木一姫(ゆかりき・いちひめ)――――依頼人。

ぼく(語り部)――――主人公。

市井遊馬(しせい・ゆま)――――《ジグザグ》。

萩原子荻(はぎはら・しおぎ)――――《策師》。

西条玉藻(さいじょう・たまも)――――《闇突》。

檻神ノア(おりがみ・のあ)――――理事長。

私が過《あやま》つと誰でも気付く。
私が嘘《うそ》をつくと誰も気付かない。
――ゲーテ

哀川潤
AIKAWA JYUN
請負人。

たとえそれが論理的にありえない可能性をすべて排除することによって導き出された結論であっても、ありえそうになければありえない。

その日、ぼくは平日だというのに大学にもいかず、アパートの畳の上で寝そべって読書に勤《いそ》しんでいた。無住一円《妻鏡》。隣室のみいこさんから借りた少し古めの本（というか明らかに古書だ）。なので扱いは丁寧《ていねい》に、けれど読み方は斜め読み。読書というのは基本的に暇《ひま》つぶしか勉強のためにするものので、この日の場合は前者だった。ので、ドアがノックされページを操る手が止められたところで、ぼくには別段なんの不都合もなかった。

「らーいらららーい。ご無沙汰ー」

来客は意外なことに哀川《あいかわ》さんだった。意外なのは来客が哀川さんだったことではなく、哀川さんがノックなどという一般常識に照らし合わせて是《ぜ》とされるような行為を実行したことが、意外なのである。けれどどうしてノックをしたのかなどを問い詰めても意味はないので、ぼくはただ単純に「どうも。久しぶりです」と返すだけだった。

哀川潤《じゅん》——職業請負人、性別女性。身長、かなりの長身、胴体短く脚が長い。スタイル、プロポーション、共に極上。全身くまなく原色の赤を基調としているところに若干の問題点があるけれど、それ以外の点ではけちのつけようもないオーダーメイドのスーツ姿。百人が百人まで認める美貌の持ち主——ただしその異様なまでの目つきの悪さを除けばだ。髪型は、確かこの前前髪を揃えていたはずだけれど、もう伸びてしまったのか、艶《つや》のある紅色が肩にまで届いている。

「うん。お、指の怪我《けが》治ってんだな」

「お陰さまで。今日はどうしたんですか？　あ、どうぞ、あがっていってくださいよ」

「ああ、それはいいんだ――」

　言って哀川さんはにこやかな笑顔をぼくに晒《さら》す。哀川さんのそんな表情は滅多に見られるものではないので――哀川潤の笑みはいつも皮肉と悪意で満ちている――ぼくは一瞬、気を奪われた。哀川さんはそんなことには委細《いさい》構わず、にこやかな笑顔のままでぼくの肩に手をやって、にこやかな笑顔のままでぼくを引き寄せ、そしてにこやかな笑顔のままで、もう片方の手の中に握りこまれた、超小型だけれど、しかし黒く四角で重厚な、まるでスタンガンのような物体の先端をぼくの腹に食い込ませた。

　どすん、と鈍い音が自分の鳩尾《みぞおち》から響く。

「あ。ぐ……」

「どうせ、すぐに出かけることになるからさ」

　閉じる前の眼に映った哀川さんは、全然にこやかじゃなかった。

第一幕——狂《きょう》言《げん》解《かい》糸《し》

ぼく（語り部）
主人公。

0

この世には絶対しかない。

1

……あれ。

　何やら振動音らしきものに煩わされて眼を開けると、そこは車の中だった。より正確な表現をするならば、真っ赤に塗装されたコブラの助手席。そんな場所にぼくは座っているようだった。では振動音はつまりエンジンの稼動する音で、つまりこのクルマは動いている最中だということで、つまり運転席に誰かが座っているということ。そんなうざったいくらい回りくどくは考えず、ぼくはちらりと運転席の方を窺《うかが》う。思った通りそこには哀川さんが座っていて、呑気《のんき》そうに口笛なんか吹きながら（曲目は恐るべきことに《平家物語巻一頭》）ハンドルを片手に、もう片手で前髪をいじっている。オープンなので風がもろに来ることから髪型の乱れを気にしているらしい。

「ん？　あ、いーたん、起きた？　おはよー」

「ええ……どうも。おはようございます」ぼくは軽く頭を振りながら、哀川さんに応じる。「えっと……ここ、どこですか？」

　過ぎていく風景を横目に、哀川さんに問う。車外の景色を見たところで、ここは高速道路のようで、にわかには現在位置がつかめない。少なくともぼくのアパートでないのは確かだけれど。ん。いや、ここがどこかなんてことより、なんでぼく、哀川さんとドライブなんてしているんだ？　心当たりが全くないが。

「あの……どうも記憶が曖昧《あいまい》なんですけど」

「いやもー本っ当に大変だったよなあ！」途端、哀川さんはまるで張り上げるような大声で、ぼくに顔を向ける。「ん。ひょっとして忘れてしまったのか？　いや無理もない、あれほどの事件に関わったんだ、ショックで記憶を失ってしまっても誰もお前を責めないさ。何せあれほどの事件だったんだからな」

「あ、あれほどの事件、ですか？」

しかもスタッカート標準装備。なんだ。忘れてしまっているけれど、どうやらぼくは哀川さんと一緒にまたぞろ何らかの事件に巻き込まれていたのか。そうか、ならばこの、哀川さんの愛車、その助手席に座っている状況にも全然不思議がなく納得が完遂する。

「そうだ。とても一言じゃ語りつくせない、猛烈な悲劇だった」哀川さんはものすごく真面目《まじめ》な顔でぼくを見、そして軽く首を振ってみせる。「あたしがあと一歩遅れていたら、お前は死んでいたかもしれないな……」

「し、死んでいたかも――そういえばさっきから何故か腹部に疼痛《とうつう》があるのですが……」

「そう、それが敵の攻撃の後遺症だ。いや、ただの敵じゃない。恐るべき能力を持った《強敵》だったよ……だが安心しろ。お前を気絶……あ、いや、お前が気絶している間に、あたしが全て始末をつけておいてやったから」

それから哀川さんは、事件のショックで記憶を消失してしまったぼくのために、この三日間の間に一体何があったのか縷々《るる》と逐一丁寧に説明してくれた。それはただの三日の物語でありながら、同時に戦闘と戦争の物語であり、悲劇と奇劇の物語であり、流血と肉片の物語であり、そして何より愛と涙の物語だった。ぼくは何度もあわや死という危機に遭遇しながらも、その度哀川さんによって間一髪ことなきを得たらしい。それだけの死地を潜り抜けておきながら今この身体が五体満足でいてくれることが、なるほど奇跡のようだ。話し手が哀川さんでなければそんなこんな荒唐無稽《こうとうむけい》な話、ぼくは絶対に信じなかっただろう。

「そうだったんですか……そんな惨事《さんじ》を忘れてしまうなんて、いくらぼくでもこりゃどうかしている。改めて御礼をいわせてもらいます」

「おいおい水くせーこというなって。くすぐってーじゃねーか」哀川さんは軽く肩をすくめる。「あたしとお前は今更お礼をいいあうようなつまんねー間柄じゃねーだろ？」

　そしてぼくに向けて、ぐ、と親指を突き出して、素敵な笑顔と共に軽くウインクした。滅茶苦茶《めちゃくちゃ》格好いい。いや、格好いいだけじゃない、なんていい人なんだ。こんないい人みたことがない。ぼくは今まで哀川さんのことを誤解していたかもしれない。皮肉屋で自惚屋《うぬぼれや》でぼくのことなんか玩具《おもちゃ》としてしか見ていないのではないかと思っていたが、こいつは認識を改める必要がありそうだ。

「いえいえ、この恩は絶対に返させてもらいますよ。一も二もなく四の五のいわずに三倍返し、いらないといわれても無理矢理かつ強引に否応《いやおう》なく返しますからね。ええ、何か困ったことがあれば、是非《ぜひ》このぼくにご用命ください」

「そうか。ああ、そうだな……そこまでいわれたら、断るのも逆にお前の純粋な気持ちを踏みにじるみたいで悪いよなあ……」哀川さんは悩むような表情をする。「そうだ。そういえば全くの偶然で、つまりたまたまなんだけど、お前にしか頼めない用事があるんだけど。引き受けてくれるかな？」

「勿論《もちろん》です。お任せください。戯言《ざれごと》遣いはあなたのために死にましょう」

　よかった、と哀川さんは微笑《ほほえ》む。

　何故か邪悪な微笑だった。

「実は今、その場所に向かってる最中でな。えーと。澄百合《すみゆり》学園。知ってるか？」

「そりゃま、名前くらいは知ってますけど」

「名前から、どこまで知ってる？」

「えーっと……」

澄百合学園。京都郊外にある超の上に超を三つ重ねてやっと均衡が取れる名門進学女子校にして上流階級専門学校——つまりお嬢系。偏差値と門地門閥が何より重視され、《特権階級養成学校》とも揶揄《やゆ》される、ぼくのような一般人では関わりのできようもない、向かうところ敵なしの教育機関。

「ふん。それだけか」

「ですね。澄百合に限らず学校ってのは基本的に排他主義の秘密主義ですから、部外には情報が漏《も》れにくいもんなんですよ。今いった話だって、玖渚《くなぎさ》の奴にたまたま聞いただけですし」

「あん？　なんで玖渚ちんは知ってんだ？　確かにあいつもお嬢といやお嬢だけど、引きこもりだから学校なんか関係ねーだろ」

「あいつが興味あるのは制服の方ですよ。あいつあれで、結構なブルセラっ娘ですから。《うにー、澄百合の制服だけは手に入らないよー》って嘆《なげ》いてました」

「へえん。あいつでも手に入らないものとかあるんだ。救われる話だね」

「いえ、でも《僕様ちゃんの目が黒い内は諦《あきら》めたりはしないんだよ！》だそうで」

「あいつの目って青いじゃねえか」

「だから諦めたってことでしょうね。で、その澄百合学園がどうかしたんですか？」

「ああ、うん。お前に頼みたいことってのはな——、、、その格好で学園の中に入って、ある生徒を連れ出してきて欲しいってことだ」

《その格好で》といわれて、ぼくはようやく、自分が着用しているのがいつもの普段着ではないことに気付く。いや、というより、かなり異様な格好をしていることに気付く。上は闇よりも深い色の半袖、胸元には左右対称にボタンが並び、ラインの走った襟が異様に大きい。いわゆるセーラーカラーという奴で、当然のようにそれには色物のスカーフがあしらわれている。そして下は、いわゆる上品な、上着と同じ色の——プリーツスカートだった。もしかするまでもひょっとするまでもややもするまでもなく、男性用の衣服ではない。

「それ、澄百合学園の制服な。いやー、いーたん華《きゃ》奢《しゃ》だから心配してなかったけど、お前やっぱそういうの似合うじゃん。髪もいい具合に伸びてるし、前髪垂らしときゃばっちりだ。個性がないとこういうとき便利だよな」

「——何故《なぜ》」いささかの混乱を冷静に収めつつ、ぼくは問う。「何故、ぼくがこんなファンキーかつファンシーな格好をしているんでしょうか？」

今回はジェンダーがテーマなのかそうなのか？　人権問題は結構に厄介《やっかい》なんだぞ。若造が手を出していいことではないんだが。

「寝てる間に着替えさせた。あ、えっと。お前の服返り血で汚れたからそうせざるを得なかったんだ。決してその時点でお前を巻き込むことを目論《もくろ》んでいたわけじゃないぞ」

「まさか、そんなこと思ってもませんよ。でも、あの、この格好、十九歳男児として、かなり恥ずかしいものがあるんですけど……」

「何いってんだ。探査役の女装は推理小説の基本だろう。いわば外れのないお約束、王道中の王道だ。かの名高きホームズさんだって日常的に女装してたんだぜ」

「知りませんよ。そんな人」

「夢幻魔実也なんか三話に一話は女装してたぞ。いや、冒険活劇編の話な」

「ぼくは怪奇編が好きなので……」

「あの霊界探偵だって女子高を探偵するときはスカートはいてたもんだ」

「参考にするんですか？　それを」

「ジョジョだって第二部でナチスに侵入するときは女装していた」

「参考にするんですか！　あれを！」

「マッカーサーだってガキの頃はスカートはかされてたっていうし」

「歴史上の偉人に逃げないでください……」

「ヤマトタケルノミコトはだな……」

「とうとう神話まで紐解《ひもと》きますか」

「零崎《ぜろざき》くんも女装が趣味だっていってたぜ」

「本当かもしれない嘘《うそ》をつかないでください」

「ひかりは女装した男が好みだそうだ」

「ばればれの嘘をつかないでください！」

なんか、白いワニが見えてきた……。

　ていうか哀川さん、何げに少年漫画好き過ぎ。

「仕方ないじゃん。女子校なんだし。男が男のままで入るわけにゃいかんだろ」

「そりゃそうなんでしょうけど……」

　いや、《そりゃそう》なのか？　何か、もっと基本的なところで抜本的なことを根本的に間違っているような気がするのだけれど。

「あーもう。ごちゃごちゃうるせーな。お前、さっきあたしのいうことなら何でもきくって誓ったところだろうが」遂に凄《すご》み出す哀川さん。「あん？　お前はあたしに嘘をついたのか？」

　そんな人間的尊厳を台無しにするようなことまで誓った憶えは激烈にないが、しかし哀川さんのいう通り、恩を仇《あだ》で返すような真似《まね》をするわけにはいかない。わかりましたよ、とぼくは頷いた。確かに侵入する場所が女子高となれば哀川さんとて容易にはいかない。学校という組織の排他性は常軌を逸《いっ》しているのだ。まして澄百合学園、何をかいわんやである。かといって哀川さんがこの制服に身を包んで女子校に侵入するという案には無理があるし（個人的には興味を捨てきれないが）、ぼくにしたって普段着で入れる場所じゃない。哀川さんがなぜぼくを選んだのかは謎だけれど、協力できることには協力しておこう。どうせ暇だし。

「はい、これ偽造学生証な。正門通るときのＩＤチェックに必要だから」

「あ、どうも」学生証にはぼくの写真が貼ってあった。まるでこの状況が以前から仕組まれていたかのような用意周到さだ。「えっと……誰か生徒を連れ出すっていってましたよね？　つまり、今回のお仕事は人探しってことですか？」

哀川潤のお仕事――請負人。要するにどんな難事であれ金の折り合いさえつけば引き受けるという、あまり上品な思想には基づいていない職業だ。たとえばそれは密室殺人事件の解決だったりもするし、情報収集だったりもするし、違法な代物の斡旋だったりもするし、殺人鬼の退治だったりもするし、そして人探しだったりもする。けれど哀川さんほどの第一線、人類最強の請負人を使ってまで人探しを試みる人間がいるのだろうか？

「人探しってんとは少し違うけど、まーそんな感じ。澄百合学園は全寮制で警備も固いんでな。中から人一人連れ出すにも大事業でさ。暴れてもいいってんなら方法はあるけど、なるだけ大人しい方法でってことだから」

大人しい方法で――それは確かに哀川さんにとって難題だ。《考えるよりも殴った方が速い》という思想を持つ哀川さんにかかれば、論理的な密室殺人事件だってただのハードアクション物に変換されてしまうのだから。

「とにかく一姫《いちひめ》……その生徒の名前だけど、紫木《ゆかりき》一姫って生徒を学園から救い出すのが、今回のあたしのお仕事」

「救い出すって……まるで学園がその娘を拘禁してるみたいな言い方ですね」

「似たようなもんさ。そもそも学校って生徒を閉じ込めるための施設だろ？　閉じ込めてる側はそれを保護と呼ぶんだろーけどな」

哀川さんはそれだけいって、細かい説明はしなかった。今に始まったことではない、この人は職業倫理や何かを引き合いに出すまでもなく、説明する、解説する、そういった行為をあまり好まないのだ。《それはただ、つまりそれだけのこと——》。そういった一種の単純《シンプル》さが哀川さんの根幹《ルーツ》にはあるらしい。理論《ルール》と論理《ツール》にがんじがらめにされた理屈狂いのぼくには、決して辿《たど》り着けない悟りの境地だ。

「……まあ、詳しい事情は訊きませんよ。然程《さほど》興味もないですし。ぼくはただ、その——えっと、紫木ちゃん、ですか？　その生徒を見つけ出して保護し連れ出せばいいんですね？」

「物分りのいいいーたんが好きだよ。ああ、でも《見つけ出す》の工程は不要だ。待ち合わせしてっから。はいこれ」

偽造学生証に重ねるように置かれたのは、恐らくは澄百合学園内のものだと思われる、構内図だった。その小さな紙切れの一点に赤く印がつけられている。どうやら、そこが待ち合わせ場所だということのようだ。《二年A組》と書かれている。

「どうやって連れ出すかってのはお前に任せる。詳しくは一姫本人から聞いてくれ……あいつなら上手に説明するだろうからな」

《あいつ》という蓮っ葉な呼び方に、哀川さん独特の親しみを感じた。哀川さん自身、その娘と何らかのかかわりがあるようだった。友達、なのだろうか。とすると、今回は仕事半分、残りの半分は個人的な事情、といったところなのかもしれない。

「で、最後にこれ……一姫《ターゲット》の顔」そういって、構内図の上に写真を一枚、哀川さんは重ねた。「ただしそれは紫木が十二歳のときのだから、その五年後を想像してくれ」

「この成長期に五年後って、別人になってんじゃないですか……？」

不安を感じつつ、写真に見入る。十代初頭のあどけない少女の笑顔が、そこには写っていた。皮肉で笑うのでもなく無垢で笑うのでもなく傑作で笑うのでもない、ただの純粋な笑顔。特殊な趣味をお持ちになる一部男性にはたまらないであろう。このまま五年分成長した図を想像すると——高校二年生か——結構な美人になっているだろうと確信できる。

「なんだよ見入っちゃって。いーたんひょっとしてそっち系？　手ぇ出しちゃ駄目だぞ」

「まさか。ぼくは年下ってどうも苦手ですからね」

写真を裏向きに構内図の上に落とす。「これで年上ってんなら、考えないでもないですけど」

「お前の性癖は単純過ぎて複雑だよな……。ま、そういうことでよろしく。もうちょっと距離走るから、寝ててもいーぜ」

「そうですね……あ、一つだけいいでしょうか」

「なんだ？」

「仕事終わったらこの制服もらっていいですか？　きっと玖渚が欲しがるでしょうから」

　哀川さんは「好きにしろよ」とシニカルに笑い、そして運転に集中し始める。それは今まで高速道路にありながら運転に集中していなかったということで、そら恐ろしい話だった。ぼくは未だ消えない腹部の疼痛をなでさすりつつ、裏返しておいた写真を改めて表に向け、再度紫木一姫の顔を確認する。

　ふむ。なんだか知らないけれど……

　少しだけ、興味の湧《わ》く相をしている。

　そう、この娘の雰囲気は——

「あるいは戯言抜きで楽しめるかもね……」

　哀川さんには聞こえないようにそう呟《つぶや》いて、ぼくは写真を胸のポケットにしまった。

2

幸せな人生とはどういうものを指すのだろう。無論絶対的な評価とすれば幸福と不幸の間には明確な区分がある。しかしどんな幸福な状況にあっても本人がそれを不幸だと認識していれば彼は不幸せだろう。反対にどんな不幸な状況にあっても本人がそれを幸福だと自覚していれば彼女は幸せだろう。

ことを幸せ不幸せの基準で判断する限り、それは始めから終わりまで主観的な判断に委ねなければならない。たとえば宝くじで一等を当てた人間は幸せだろうか？　普通人から見ればそれは幸せだろう。けれど彼自身がそれを幸運だと認識するためには《宝くじで一等を当てなかった》という不幸を経験しておく必要がある。もしも彼が宝くじで一等を当てて続けている人間だった場合、それは幸せではなく日常の一コマでしかない。勿論その逆もしかり。宝くじで一等を当てられない不運を、本気で嘆《なげ》く人間が果たしてどの程度の数いるというのだろうか。

結局人間は比較することでしか幸福も不幸もわからない。これは平等なんて言葉が真実には存在しえないことを意味する。全てに等しき存在観なんてありえないことを意味するのだ。幸福と不幸は繋《つな》がっていて個人ではなく全体として見るに至ってようやく、相殺《そうさい》されてそれは零《ぜろ》となるのだから——

などと、適当に冗談を思考しながら、ぼくは澄百合学園の廊下を歩いていた。緊張がなかったといえば嘘になるけれど、しかし澄百合学園への侵入は驚くほどスムーズに終了した。さすがは人類最強の請負人、身分証明書の偽造も完璧だ。そしてぼくの変装も、不本意ながら完璧のようだった。さっきから何度もこの学園の生徒だと思われる、ぼくと同じ真っ黒なセーラー服をまとった生徒達とすれ違っているけれど、誰もぼくに疑問を感じている様子はない。

こんな簡単でいいのだろうかと思わなくもないが、それは侵入者であるぼくがどうこう文句をつけることではない。そういうのを盗人猛々《ぬすっとたけだけ》しいというう。むしろこれ幸いと、ぼくは怪しまれない程度の足早で校舎内を移動する。さすがに校舎内で構内図を手にすることはできないので、待ち合わせ場所の《二年A組》を探すのには記憶が頼りだ。自分が籍を置いている学校の校舎を歩くのに構内図と首っ引きになっている生徒がいるとすれば、その生徒の頭は異常を来たしているといって差し支えないだろうから。

「見る限りは普通の学校だけどな……」

お嬢様学校&名門進学校だというから、もっと奇抜で変わった異質さを期待していたのだけれど。しかし考えてみれば学校施設にあっと驚く意外さを期待する方が間違っている。とはいえ拍子抜けの感は否めなかった。

「哀川さんの頼みごとだってからもっと大変なのを想像してたけど……この分じゃあっさりと片付きそうだな。剣呑剣呑《けんのんけんのん》」

《剣呑剣呑》の使用法をぼくはやっぱり理解していない気がしたけれど、まあいいだろう。階段を昇り、そして少しばかり道に迷った末、二年A組の教室を見つける。辺りに人はいない。うん、好都合。別に極度の隠密を強いられているわけではないけど、目立つよりは目立たない方がいい。

しかし——と、ぼくは一方で不審に思う。正門から堂々と、ぼくが侵入できたこと——考えてみればこれはおかしい。ああも簡単に入れたということは、つまり簡単に出られるということではないのか。てっきり厳戒かつ厳重に、生徒達の外出は制限されているものだと思っていたが、そうでもないらしい。だったらぼくや、ましてや哀川さんの手を煩《わずら》わせることなく、件《くだん》の紫木一姫ちゃんは学園から出ることができると思うのだけれど。待ち合わせができるということは、別に彼女、拘束されているわけでもないのだろうし。

　もしもぼくがここでもう少し深く考えを詰めれば、あるいはこの学園に漂う《奇妙》な雰囲気——日常空間から乖離《かいり》した空気に、何らかの違和感を感じることができたかもしれない。

　しかしぼくは取り立てて深く考えることもなく、普通に二年A組のドアに手をかけ、そして教室の中に入った。教室は、これもごく一般的な高校の教室。もっともぼくは正式な高等学校に通ったことがないので、確かにそうだとはいえないけれど。

　ただしそんなことはどうでもいい。どうでもよくないのは教室の中が無人だったことだ。

「……あれ？」

　困った。さて紫木嬢とご対面と気合をいれていたところだっただけに、肩透かしもいいところである。ひょっとして室内のどこかに隠れているのだろうか。ありえない話ではない。隠れているとすれば、どこに——

　と考えたところで、掃除用具入れのロッカーが、少し揺れた気がした。しかし窓が閉まってほぼ無風状態の教室内で、ロッカーが勝手に揺れる理屈はないだろう。はあん、つまりあの中にいるわけか。なるほど如何《いか》にも高校生くらいの年代の考えそうな隠れ場所だ。迎えに来たぼくが往生しているのを見て悦《えつ》に耽《ふけ》ろうという発想だろうけれど、ばかにしてもらっちゃ困る。いや、三日前までのぼくならそんな手にも引っかかったかもしれない。けれどこの三日、死線を百も二百も潜り抜けた、つまり人間的に成長したこのぼくを相手に、それは児戯が過ぎるというものだ。

「あれー？　いないなー困ったぞー」

　などと呟きながら、そっとロッカーに近付いていく。うん、思いっきり蹴りを入れてやれば、驚いて飛んで出てくるに違いない。子供の悪戯《いたずら》には罰が必要である。ロッカーの正面に立ったところで、さて左足か右足か——と思ったところで、

ぞわり
と、肌寒さを感じた。それと同時に背中に何かが突きつけられる。それなりに太い、そして硬い――まるで銃身のような――

「動かないで、手を挙げる」《フリーズ・フリーズ ホールドアップ》

いわれるままに手をあげる。振り向いたりはしない。振り向かなくともいくつか情報は入ってくる。声は若い――というより幼い感じの女性のもの。声の発信源からして、ぼくよりもかなり背が低い。

なるほど、ロッカーは囮《おとり》か……。我ながらこれまた、単純な策《トラップ》に引っかかってしまったものだ。あれだけの死線を潜り抜けたぼくにしては異常なほどの失策だ。哀川さんのあの話が実は作話で真っ赤な嘘だといわれれば納得してしまいそうなくらいである。

「あなたは誰です？」

背後からのそんな質問に対し、ぼくは「哀川潤の遣いだけど」と軽口っぽく余裕ぶって答える。

「けれど誰と聞かれて名乗る名はないよ。ぼくはね、今まで他人に本名を教えたことが一度しかないのを誇りに思っているからね」

「……？」

奇をてらったぼくの答に、背中にある感触が、一瞬、緩《ゆる》む。隙《すき》というほどの隙ではなかったが、そこを狙ってぼくは身体を左に逃がしつつ螺旋《らせん》。相討ち覚悟でそのまま特攻するつもりだったけれど、振り返りきる以前に、焦ってしまったからか足がからまってしまい、無様にすっころぶ。《敵》がそこを逃すわけもなく、すかさず距離をつめ、そしてぼくの額にびしっと突きつけた――

アルトリコーダーを。

「……随分なご挨拶《あいさつ》だね」

「ごめんなさい。知らない人を見たら気配を消して後ろから近付くことって、教えられてるですから」

いってその娘は、リコーダーをくいっと振り上げ、そしてついっと斜めに降ろす。楽団の指揮者のような仕草だった。

「あっ、そう……」ぼくはリコーダーの先を払いのけ、立ち上がる。「……じゃ、ぼくが大人の挨拶を教えてあげるよ」

　そして彼女を正面から見据える。肩からポシェットを提げた、黒衣の制服姿の彼女を。

　見間違いようもない写真の少女。そう、見間違えるわけもない。写真は五年前のものだというのに、その姿はほとんど同一だった。まるっきり成長していないといっても過言ではなかった。小柄というよりただ小さい体躯。あどけないというよりただ幼い顔立ち。そして——そして、その、純粋な笑顔。

「初めまして、紫木一姫ちゃん」

第二幕——子荻の鉄柵

萩原子荻
HAGIHARA SHIOGI
《策師》。

0

いないいないいらない。

1

紫木一姫——姫ちゃんは教卓の下に隠れていたそうだ。

「随分と見つかりやすそうなところだね……扉開けて左に動いたら、まる見えじゃない」

「だからこそですよ。だからこそ、そんな場所には誰もいないって思うです。師匠だってまず《いかにも》なロッカーに目をやったですよね？　そういうことですよ」

「…………」

「どうしました、師匠？」

「…………別に」

前哨戦《ぜんしょうせん》を終えて互いに自己紹介をし合った際、姫ちゃんは「姫ちゃんのことは姫ちゃんって呼んで欲しいですよ！」と声高に主張した。まあ名前なんて記号だからとそれは承認したのだが、けれど問題は姫ちゃんのぼくに対する呼称だった。

《師匠》。

時代を錯誤してすらいない。なんでも「潤さんのご友人なら姫ちゃんにとっては師匠みたいなもんです！」とのこと。著《いちじる》しいほど意味不明だった。しかも《みたいなもん》と来ているので、尊敬の念はチリほども感じられない。むしろ馬鹿にされているような気もする。

「さて、そういうわけでぼくはきみを連れ出しにきたわけなんで……細かい説明は姫ちゃんから聞くようにいわれてるんだけど」

「うーん。説明しろといわれてもですねー」姫ちゃんは腕を組み、いかにも考え込んでいるような仕草をする。「時間もないですしー、姫ちゃん説明下手《へた》ですしー。そんなことよりまずさっさとここを出ないですか?」

「…………あっそ」舌足らず、というか頭が足りないといった方が正しそうな喋《しゃべ》り方でそんなことをいわれても納得はいかないが、しかし姫ちゃんのいう通りかもしれない。哀川さんをいつまでも外に待たせておくわけにも行かないし。「正門から出るためには学生証が必要だけど、持ってる?」

「持ってるですよ」

だったら一人でも脱出できそうなもんだけれど。ぼくは先ほどからの疑問をもう一度心中で繰り返す。けれど姫ちゃんに訊いても意味がない気がした。ここまで五分の会話から判断する限りにおいて、まともな返答は期待できない。何にせよ姫ちゃんの第一印象は《日本語の通じない娘》だ。

「じゃ……行こうか」

「はいー」姫ちゃんは子犬のようにぼくの背後に回りこんだ。先ほどの件があるので警戒心が働くが、今度は何も突きつけてきたりはしない。「でっぱつですー」

そのそぐわないまでの陽気さ気軽さに首を傾げつつ、二年A組の教室を出る。「目立たないよう、静かにね」と姫ちゃんに釘《くぎ》を刺して、それから廊下を歩き始めた。ここから後は来た道を戻るだけだから簡単なものだ。これから先の展開に何か難関が待ち構えているとも思えないし、随分と呆気《あっけ》なく任務完了と行きそうである。楽なのは大歓迎だが、こんなので本当に恩返しになるのだろうかと、哀川さんに対し申し訳ない気分になってきた。

「ときに姫ちゃん、哀川さんとどういう仲?」

「あーー!」姫ちゃんは場も弁《わきま》えずに大声でぼくを指さす。「駄目ですよ師匠! 潤さんのこと名字で呼んだりしたら、怒られるですよ!」

「それがいいんじゃないか……あ、いや。まあいいじゃない。本人いないし。で、潤さんとはどういう関係？」

「えっとですねー。師匠の持ってたその写真の頃に、助けてもらったですよー。五年前ですね。懐かしいですねー」またも場を弁えず、目を閉じて思い出に耽りだす姫ちゃんだった。「恩人みたいな感じですかね。うふふん、だから姫ちゃんは潤さんの命令なら死ぬくらいの覚悟ですよ。いえ、勿論これは潤さんはそんなことを命令しないだろうという信頼の証《あかし》であって決して死にたいわけではないですが。師匠の方こそ、潤さんとはどういうご関係で？」

「友達だよ、友達。ただの仲のいい友達」

　さすがに三回もいうと真実味は薄れるらしく、

「ふうん？」と姫ちゃんは微妙に首を傾げていた。

しかしぼくだって、その程度の真実味の薄い答以外、その問いに対しては持ち合わせがない。哀川さんとぼくとの関係——ぼくはそれをあまり真面目に考えたことはないのだ。たまたまみたいな感じで知り合って、仕事を手伝わされたり、遊ばれたり、苛《いじ》めてもらったり、そんな感じだけど。

　しかし姫ちゃん、哀川さんに対して恩に報いるどころか今回また世話をかけているわけだから世話がない。全く、少しはこのぼくを見習って欲しいものだ。

　階段を降りようとしたところで、下から昇ってくる二人の生徒が視界に入った。二人組の女の子。おっと、一応気をつけるか。会話を切り上げて、彼女達と目をあわさないように、さりげなくやり過ごさなければ——

「見つけたっ！」

　ぼくの考えなどまとめて揃えて吹き飛ばすかのように、女生徒の一人が叫ぶ。指さしたその先は、ぼくを貫いて背後の姫ちゃんに向いていた。何事かと姫ちゃんを振り向こうとするその前に、姫ちゃんはぼくの左腕をつかみ、そして階段を逆に昇りだした。引きずられるように——小柄な女子高生に引きずられるという状況は滅茶苦茶格好悪いが、そんなことを考える余地もなく、姫ちゃんに引っ張られるまま、まるでその二人の生徒から逃げるかのようにわけもわからず上階へと駆ける。

逃げるかのように——というか、実際、逃げていた。彼女達二人は追いかけてきていた。二人揃ってぼく達の後ろをすごい勢いで駆けてくる。どういう理由で姫ちゃんが逃げ出したのか、そしてどういう理屈で彼女達が追いかけてくるのか知らないけれど、このままだといずれ追いつかれそうだ。

——《見つけたっ!》。

つまり姫ちゃんは《探されていた》ってことか?

哀川さんのこの度《たび》の仕事は《人探し》だったけれど——それと何か関係が? いや、そんなことを考えている余裕もない。今は逃走中。逃走の際もっとも留意すべきことは追いつかれないこと、それだけだ。そして先をいく姫ちゃんの足は、速いとはいえなかった。というか遅い。滅茶苦茶遅い。歩幅が平均の半分くらいしかないのだから当然だろう。

「ちょっとごめんね」

ペースをあげて姫ちゃんの隣に並び、そして腰に手を回し姫ちゃんの身体を抱えあげた。

「うきゃうっ!」

姫ちゃんは変な悲鳴をあげたが気にしない。見た目通り、見た目以上に軽い。女の子が相手ならこのくらいの荷物はハンデにはならない——むしろこの荷物に前を走らせておく方がよっぽどのハンデだった。そしてぼくはそのままペースをあげ続け、追いかけてくる彼女達を振り切ることに成功した。というより、元々それほど追いつこうという意欲もなかったらしく、構内を闇雲に走っていたら、いつのまにか誰も後ろにはいなくなっていた。

「ここまでくれば大丈夫と思うです」

小脇に抱えた姫ちゃんがそういうので足を止め、姫ちゃんを降ろす。辺りを見ると、なんだか見覚えのない場所だった。あれだけ走り回ったのだから当然か。通っているはずの学校の校舎内で構内図を見る必要が生じてしまったようだが、やむをえないだろう。

「……ふう」準備体操なしで全力疾走したので、心臓が震えるほどビートだった。疲れてはいないが休みたい。「……とはいえ廊下に腰を落ち着けるのはまずいな。そこの教室に入ろう」

「はい」素直に頷く姫ちゃん。「それにしても師匠みかけによらず力持ちさんですねー」

「ほめられるほどのことじゃないさ。姫ちゃんが軽いだけ」ぼくは教卓の上に腰を降ろす。「で、何……あれ。姫ちゃん、ひょっとして追われてるわけ？」

「そうですよ」再び素直に頷きやがる姫ちゃんだった。「知らなかったですか？　今姫ちゃん、学園中に指名手配されてるですよ。だから師匠や潤さんの力が必要なんじゃないですか」

　子供に対して当たり前の理屈を説明するような口調の姫ちゃんだったが、そんな話は聞いていない。なるほどそれならばあの二人の生徒の反応もわかる。指名手配中の人間を《見つけた》わけだ、あの反応で当然である。

　拘束されているわけじゃない、というのは、《今はまだ》拘束されているわけじゃないってことだったか。姫ちゃんが教卓の下に隠れていたのは、何もぼくを驚かそうとする悪戯じゃなかったわけだ。二年A組に向かう途中すれ違った生徒達には全然そんな雰囲気はなかったのだが、彼女達も同様、姫ちゃんを探している最中だったというのだろうか？　そうか……だから、ぼくという救助人が必要だったわけだ。今現在、姫ちゃんは一人でこの学園から脱出することが不可能なのだ。

「なんだよ……そういうことは先にいってくれよ。そうすりゃ、何か対策も打てたってもんなのに……みすみす見つかっちゃったってことじゃないか」

「でも師匠がやたら自信たっぷりに姫ちゃんを連れ

出すものですから。てっきり何か秘策があるものだと思いまして」

「…………」ぼくのせいなのか？　いや、大局的に見ればそうなのかもしれないが。「それよりさ。姫ちゃん、何か悪さでもしたわけ？　指名手配だとか追われてるとか、なんだか穏やかじゃないけどさ」

「……うーん。そういうんじゃないですけどね」姫ちゃんは唸《うな》る。「向こうから見ればそんな感じなのかもです。よくわかりません」

「ひょっとして苛《いじ》めとか？」

どう奇抜な角度から観察したところで姫ちゃんは苛められっ娘には見えないけれど、しかし人を外見で判断してはいけない。こんなお嬢系進学校で、とも思うが、それだって偏見《へんけん》というものだ。

「苛め……なら、まだよかった感じですけど」

姫ちゃんの返答は要領を得ない。むしろ意図的に何かをはぐらかそうとしている印象すら受ける。この態度は何というか……《知らないんなら知らないままの方がいいんじゃないか》と、ぼくを気遣っているかのような。

「この学園……何か変だよ。そりゃ特殊性についての事前知識はあるけど……それだけじゃない感じだ。姫ちゃん。ちゃんと説明してくれないかな？」

「簡単にいえばですね。ここは高校なんです」

簡単過ぎる。

「じゃ、逆に訊き返しますけれど。師匠はですね……この学園について、どこまで《事前知識》として知ってるですか？」

「それ、哀川さんにも訊かれたな」

ぼくは哀川さんに答えたのと同じ内容を姫ちゃんに話す。姫ちゃんはそれを聞いて頷いて、「それだけですか」と、哀川さんと同じ言葉で頷いた。その表情に、いささか以上の曇りが入っていたことを除けばだが。

「じゃあ師匠、誰か知り合い……知り合いの知り合いでもいいですけど、いいえ、いっそ知り合いじゃなくてもいいですけど、誰か一人でも、この学園の入学試験に合格したって話を聞いたことがありますか？」

「うん？　えっと……それは――いないな」

「《けれどそれはたまたま――》といいたそうなところ失礼するですけど、じゃあ、この学園のＯＧと呼ばれる存在を――つまりこの学園を卒業したって人間を、誰か一人でも知っていますか？」

「それは――……あ――……あ？」

あれ。一人も思いつかない。いや――そんなわけがない。澄百合学園は日本中どころか世界中の有名大学にも推薦枠を大量に持っている超級進学校なわけで、当然卒業生の中にも業界の著名人が相当混じっているはずなのに――一人も思いつかない、だと？　これは――これは、たまたまか？

「そういうことですよ」と、姫ちゃんはいう。「誰も入学していないし誰も卒業していない――そんな高校が、普通の高校であるわけがないですよね？」

「だって、澄百合は――」

「え？」ここで姫ちゃんは本気で驚いたような表情をした。しかしすぐに取り直す。「ああ、澄百合――この学園の名前でしたね。失念していたです。そういえば《先生》達がそんな風に呼んでました――姫ちゃん達《生徒》は、ここのこと、そんな名前じゃ呼ばないですから」

「じゃあ……何て？」

「《首吊《くびつり》高校》……」

極度なまでに自虐が込められたその名称に、ぼくは言葉を失わざるをえなかった。

学校。

潔癖と称して差し支えない排他性と秘密主義を貫く内向きに閉じられた密室組織。中で何が起こっているか、それは外からでは窺い知ることができない。そこに《進学校》だの《お嬢系》だの修飾語がつけば、尚更それはアンタッチャブルになるだろう。それはつまり、中で何をしていたとしても、そう簡単には露見しない——ということなのか？

一体——哀川さんはぼくに何を頼んだんだ？

なんだか——途轍もなく途方もない事態に巻き込まれてしまっている気がする。ぼくはまた、自分では何も気付かない内に、ずたずたで滅茶苦茶な場所に、足を二歩も三歩も踏み入れ終わっているのかもしれない。

「うー」少し呻《うめ》いて、姫ちゃんは自分の指先をくいっと動かし、そしてついっと元に戻す。どうやらその仕草は癖のようだった。「参ったですね。姫ちゃんも迂闊《うかつ》でした。てっきり潤さんからそれくらいの事情は聞いていると思ってましたから——」

情報伝達に行き違いがあったようだ。けれど姫ちゃんを責めることはできないだろう。誰だってまさか自分を救出——うん、はっきりと救出なのだろう——にくるのがぼくのような素人《しろうと》だとは思うまい。思えという方が、そんなのは無茶だ。

「でもなんで哀川さん、それを教えてくれなかったんだろ……それくらい聞いてなくちゃ任務遂行なんてできるわけないじゃないか」

そう、責められるべきは哀川潤だ。

あのずぼら姉さまに全責任がある。

「うーん。でも、潤さんも、ここまで大事になってるとは思わなかったんだと思うですよ。姫ちゃん、待ち合わせ場所に行くまでにちょっとヘマやらかしちゃって、潤さんの予定より派手に追われてる感じなのですよ。うまくやり過ごして隠れてたのもこれで見つかっちゃったですし。この教室にだっていつまでもいられないですよ」

「哀川さんと連絡取れないの？　待ち合わせたってことは一度は接触したわけでしょ？」

「連絡取ったときはまだ追われてなかったですから、普通に寮の電話が使えたです」

「ふうん……」

追われているから学園を出たいのではなく、学園を出ようとしているから追われている——みたいな感じなのか。しかし、それじゃあまるで刑務所だ。

いや《まるで》じゃないのかもしれないが。

「なるほどね――」

なるほどなどとはいったものの、事情はまだ全く呑み込めていない。わかったのは、ここがただの学校じゃないし――そして進学校でもお嬢様学校でもない異常な場所であるということくらいだ。

「異常か……らしくなってきたな」

だけどそれならば――ここはぼくの猟場《フィールド》だ。どうも予想していた展開とは程遠くなってきた感じだけれど、しかしそれが泥舟だろうがなんだろうが、乗りかかった船には違いない。

「仕方ないですね。とりあえず一旦《いったん》ここに身を隠し続けて対策をゆっくりじっくり練りましょう。何、不安になることはないですよ。師匠と姫ちゃんが中々出てこないとなったら、きっと潤さんが助けに来てくれます。潤さん、あれで身内には甘いですから、見捨てられたりはしないです」

「身を隠す、だって?」ぼくは教卓から降り、窓の方へと歩きながら姫ちゃんに背を向けていう。「それは逆だ――見つかってしまったからこそ、身を隠すのはまずい。ぼくらがこの校舎内にいることは、もうバレてるってことなんだからさ。即急に対策する必要がある」

　窓を開け放つ。そして近くにある机を持ち上げて、その窓から放り落とした。闇雲に逃げてきたのでここが何階なのかはわからないけれど、結構な高さであることは確かなようで、破壊的な音が数秒遅れで響いてきた。構わず、その机とペアだった椅子も、そしてその後ろの机も同じように放り落とす。

「な、何やってるですか!」姫ちゃんががし、とぼくの腰にしがみついた。「そんなことしたら滅茶苦茶目立つじゃないですか! 見つけてくれっていってるようなもんです!」

「ぼくはこの三月に十九歳になったばっかなんだけどね――」机を六脚まで落としたところで行為を中

断し、そしてあまり意味のなかった姫ちゃんの軽量ホールディングを解く。「その十九年間、ぼくは人の裏をかくことだけを考えて生きてきたんだよ。どうやって他人から逃げ切るか？　逃亡の手段だけを思考して生きてきた。ここがどれほどのものか知らないけど——たかだか《場所》ごときに逃亡を阻《はば》まれたり、ぼくはしない」

　遥か地面に積み重なった机と椅子の周囲には、まだ誰もいない。けれどあれだけの音に誰も気付かないということはないだろう——姫ちゃんを探している連中も、無論気付くはずだ。そうなれば当然、その直線上にある教室を探さなければならない。その中にはこの教室も含まれるが、他の教室だって含まれる。わざと足跡を残すことで、ここまでの道程を迂回させる——多過ぎる証拠、莫大な手がかり、まあそういう種類の策戦だった。

「というわけで、ここは危ないから移動するよ」

「……はい。でも、姫ちゃんもこの辺滅多に来ないですから——道、あんまりわかんないですよ」

「大丈夫、ここに構内図が——」ポケットを探る。「……ないけど」

　どころか、姫ちゃんの写真もなくなっている。偽造の学生証だけが、制服の胸ポケットに残っていた。どうやらさっき走り回ったときにどこかへ落としてきてしまったようだ。なんてこった。あれだけ大言壮語しておきながら、出っ端で躓《つまず》いてしまった。

「……ま、上に昇ってきたんだから、下に行けば校舎からは出られるだろ。校舎を出ればきっとフィーリングでなんとかなるって」

「……割といい加減ですね」姫ちゃんは呆《あき》れたようにそういった。「けど師匠って思ったよりも前向きな人だったですね。意外です」

「ああ、まあね……」

　曖昧に言葉を濁す。勿論ぼくは前向きな人間なんかじゃない。前向きな人間が十九年も人の欺《あざむ》き方を考え続けているわけもない。できればぼくだってここで、黙って哀川さんの助けを待ちたい気分だ。

だけど――ぼくは思ってしまったのだ。この澄百合学園を首吊高校と呼んだときの姫ちゃんの陰鬱そうな表情。この娘にそんな表情をさせたくないと、何を間違ったのかそう思ってしまった。哀川さんへの恩返し云々ではなく、ぼく自身が何かしなければならないと、使命のようにそう思ってしまった。

そう、多分ぼくは重ねてしまったのだろう。紫木一姫と――サヴァンと呼ばれていた時代の青色を。

だからこれは姫ちゃんに対する庇護欲《ひごよく》ですらない。ただの自己満足――否、ぼく自身にとっても、ただの自家中毒に等しい。

全く。こらえようもないレベルの戯言だ。

ぼくはこの時点でまだ事態の大きさを把握《はあく》してなく、自分がどれほどの渦中にいるのかを少しも理解してなく、右も左もわけも意味もわからないような状態で、だからこの行為は確実に暴走といえる愚行だったけれど、それでも、ぼくのようなひたむきに後ろ向きな戯言遣いにしては珍しく、決して後悔はしないだろうと、そんなことを思っていた。

そんなはずが、ないのに。

後悔しなかったことなんて、一度もないのに。

2

「姫ちゃんにもですね——実のところはよくわかんないですよ」

　階下に向かおうとするには、ただ来た道を戻るのが一番手っ取り早いのだけれど、さすがにそれではあざと過ぎる。そういうわけでまずは現在地に至ったのとは別ルートの階段を探さなくてはならないのだが——しかし、それがなかなか見つからなかった。これだけの大きさを誇る建造物で、まさか階段が一つしかないってこともあるまいに。

　一人のときは構内図通りのルートを使ったので気付かなかったけど、この建物まるで迷路——迷宮のような立体構造になっている。なんとはなしに感じていた奇妙な空気はこれだったのか？　構造自体はそれほど入り組んでいるわけではないのに建物本体は妙に歪《いびつ》だ。歪《ゆが》んでいる。歩いていて不快にすらなってくる。こんな健康的な真新しい建物だというのに——こんな造りに、一体どういう意味があるのだろう？

「内側からだとやっぱここがどういう場所かっていうのは判断できないじゃないですか。いいか悪いか、優れているか劣っているか、幸福か不幸かなんて、比較するものがあるから初めてわかることで、だから姫ちゃん自身、この学園については判断には迷うですよ。だからうまく説明できないです」

「……そんな複雑に考えることないと思うけどね」

　ようやく行く先に階段を発見し、ぼくは辺りに気を配りながら姫ちゃんに応じる。「それがどうかなんて、実際のところどうでもいいんだよ。自分の肌に合うかどうか、似合うかどうかってのが問題なんだろ。姫ちゃんがこの学園から逃げたいって思うなら、それでいいんだと思うよ。それを邪魔しようって方がどうかしてる」

　どんな人間にも逃亡の自由だけは許されているは

ずだから——とまではいわなかった。

「しかしさ——ここがまともな勉強を教える学校じゃないってのはわかったけど、じゃあ姫ちゃん、ここで一年ちょっと、どんなことを習ってきたわけ？」

「だからですね。《知らない人を見たら気配を消して後ろから近付くこと》とかです」

あれは挨拶代わりの冗談ではなかったのか。

ふうん。なんとなく考えずにいたが、大袈裟《おおげさ》にいえば確かにぼくはあのとき生殺与奪の権を姫ちゃんに握られていたわけだ。勿論、リコーダーでは人を殺せないけれど。

つまり——この澄百合学園というのは、何らかの特殊性を帯びた技術を身につけさせる——養成所——訓練所みたいな場所なのか？　合法なのか、それとも非合法なのかは、ともかくとして。

かつてぼくが末席を汚したER3システム、大統合全一学研究所にもそういった側面はあった。それこそ合法と非合法との狭間をふらふらしていたその組織、中でもMS-2と呼ばれる部門では、精神面と肉体面とを同時に極限にまで強化する——《橙《だいだい》なる種》の製造を専門としていたくらいだ。そこまで極端でなくとも、ヒトという物体の機能限界を試すようなことは、どの部門でも行われていた。留学生であったぼくでさえ、一通りの特殊訓練は受けている。落ちこぼれだったとはいえ。

しかしここがもしそういう場所なのだとしたら——この学園の上には、一体何があるのだろう？　これだけの施設を維持し、これだけの秘密を維持できる組織となれば、玖渚機関レベルということになりかねないが。だとすれば敵対すること自体が間違っている。そう、ただ、尻尾《しっぽ》をまいて逃げるだけしか取りうる手段がない。

全く、羊頭狗肉《ようとうくにく》もいいところだ。予想していた話と全然違う。女子高に忍び込んで世間知らずなお嬢様とのめくるめくウハウハな体験を夢見ていたわけでは勿論ないが、こんな戦時中の陸軍何とか学校みたいな場所だったなんて、あんまりだ。まあ、羊よりも犬の方が食べ物としてはおいしいらしいけれど。

「──おかしいな」一階分の階段を下りたところで、ぼくは気付く。「あれだけ派手にやらかしたってのに、全然騒ぎになってないっぽい──校舎内に人の気配を感じない」

「気配なんてわかるですか?」

「臆病だからね。人の視線やら気配やらにはこれでも敏感なんだ……けどさっきからそれが途絶えてる。見つかるつもりはないけれど、少しくらい強引に突破しなくちゃいけないだろうって思ってたのに……あの二人だってちゃんと姫ちゃんの姿を視認しているのに」

正確な位置がわからないにせよ、もう少し向こうからリアクションがあってもいいのではないだろうか。

「追っ手がないなら楽でいいじゃないですか。甘辛牡丹餅《ぼたもち》ですよ」

「……? ああ、棚から牡丹餅ね……。いや、それはいいけど。このまま下に行くのは、どうも危険っぽいな……。一旦横に行こう」

「勘ですか? 幾何学的なことというですね」

「非科学的なことをいったつもりなんだけどね」ぼくは姫ちゃんを見遣る。「姫ちゃん、ひょっとしてアメリカとかで育った?」

「おおっ! どうしてわかったですか!」

「……勘」

さておき。

こういうパターンでは待ち伏せをされている可能性が高い。考えてみれば姫ちゃんの目的が《学園からの脱出》だとバレているのだとしたら、相手は姫ちゃんをむやみに追っかける必要などないのだ。先の二人が追跡を中途でやめた理由を想像すれば、それは十分に考えられる可能性だった。

だったら更に裏をかく必要が生じる、か。

「……いかんな」

少しだけ、楽しい気分になってきてしまった。こんな面倒に巻き込まれながらも。面倒ごとは何より嫌いで、波風を立てることをあれほど忌《い》んでいるこのぼくが。

姫ちゃんのせいだろうか、と、廊下を折れながら考えてみる。人のせいにしようというのがぼくらしくて中々姑息《こそく》だが、だけれどどこか、切羽《せっぱ》詰《つま》った緊迫した状況であるにもかかわらず底抜けに明るい雰囲気を持つ姫ちゃんを見ていると、落ち込んだり悩んだり暗くなったりするのが馬鹿馬鹿しくなってくる。それこそ、戯言を遣うまでもなく。

やはり——似ている。と、思う。

年齢と比較して極端に幼い容姿といい、その無邪気さといい天然加減といい。《あいつ》と似ている部品が多過ぎる。ただの偶然なのだろうか？《あいつ》と同種類なんて、絶対にいるわけがないと思ってたけれど……

なんだかX×Yの答がY×Xと違ってしまったかのような違和感がある。

「師匠、どうしたですか？ そんな風に姫ちゃんのことをじっと見つめて……はっ！ ひょ、ひょっとして！」

「ひょっとしない」即座に否定する。ぼくは今以上に自分の評判を落とすつもりはない。「しっかしここ何階なんだ？ 窓からの景色を見る限り、三階や四階じゃきかないぜ。京都にあるにしちゃ随分と背の高い建物だな……ま、ここまで郊外にくりゃあんまり関係ないのか」

「馬鹿とハサミは高いところが好きっていうですからねー」

「うっかり聞き逃しそうだけど、混ざってるよ」

ふうん？ と姫ちゃんは首をかしげた……そのときである。

突然、すぐ近くの教室の扉が開き、そこから四人の人間が――ぼくと姫ちゃんと同じ格好、黒衣の制服姿――飛び出してきて、その四人ともが、姫ちゃんに喰《く》らいついたのだ。喰らいつく。そう表現するしかないくらいに乱暴な押さえ込みだった。姫ちゃんは抵抗する間もなく、廊下の床に叩き伏せられ、四人がかりで手足を固められてしまう。

「…………！」

待ち伏せ――危惧《きぐ》していた可能性ではあるが、だけどなんでこんな場所で？　校舎の出入り口あたりでならまだしもこんな中途半端な場所で待ち伏せすることには何の意味もない。だからこそこのルートは安全だと判断し、ぼくは階下に行くのをとりやめて――

「――だからこそ、か」

くそ。使うならまだしも、こちらが使われてみるとなんて嫌な言葉なんだ。

そしてここで肝要なのは待ち伏せしていた四人が、四人とも姫ちゃんに飛び掛ったということ。ぼくだってそんな力のあるほうではないし体格《ガタイ》がいいとはいえないけれど、しかしそれでもまんま子供な姫ちゃんよりはしっかりして見えるだろう。そのぼくを捨て置いて全員が姫ちゃんにかかったということは――

まだ教室内に伏兵がいるということだ。

それも、四人の力を凌駕《りょうが》するくらいの伏兵が。

「し、ししょ――」

喋りかけた口を封じられる姫ちゃん。四人はぼくに目もくれない。それは教室の中に控えている誰かに対する信頼の証でもあった。ぼくに対しては用心する必要すらないということだ。

冗談じゃねえぞ……。

裏のかき合いで、このぼくが負けるなど。

「――萩原子《はぎはらし》荻《おぎ》」

名乗りをあげつつ、彼女は――教室から出てきて、そしてぼくを見据えた。ぞっとするほど冷たい視線で、値踏みでもするかのように、じっくりと丹念にぼくを見据えた。四人と同じく黒い制服を着ている——つまりはこの学園の《生徒》。足首にまで届くストレートの長髪が異様に綺麗で、こんな場合にもかかわらずぼくは少しだけ見蕩《みと》れてしまった。見蕩れたというのなら、彼女——子荻ちゃんの全身から、そういった、日本刀の先端のような、魅惑的な雰囲気は発せられている。

姫ちゃんを青色に例えたなら、こちらはまるで、あの赤色のような——

「一応、策師のような真似《まね》をやっています」

「ふうん……《策師》ね」ぼくは頷きつつ、一歩後ろに下がる。気圧《けお》された、のだろう。「それで、ぼくらはその《策》とやらに見事に嵌《は》められたっていうことかな？」

「……あら。あなたひょっとして男性ですね？」声を聞いて初めて気付いたとばかりに、子荻ちゃんはいう。「……同世代の男性に会うのは久しぶりです。あなた達もよく見ておきなさいね」

子荻ちゃんは姫ちゃんを固めている四人に対して、そんなわけのわからない指示を出す——いや。相手はいやしくも《策師》を名乗っている。《わけのわからない》指示などありえるはずがない。そこには何か意図のようなものがあるのかもしれない。

「じゃあ——っと。慶紀《けいき》、蘆花《ろか》、阿弥《あみ》、朱熹《しゅき》——その娘を例の場所に連れて行きなさい。手足は固めたまま、手心を加えちゃ駄目ですよ。こちらの男性のお相手は、私がいたします」

四人は子荻ちゃんのその言葉に頷いて、姫ちゃんをひっ立たせ、そのまま引きずるように、先の階段へと向かう。ぼくにそれを止めようもなかった。目前に、多大なる障害が存在している以上。

四人の内にあのとき階段で遭遇した二人が混じっていることに、遅まきながら気付きつつ、ぼくは子荻ちゃんに向かって訊く。

「……今の彼女達の名前——本名なの？　滅茶苦茶あからさまに嘘臭いけど」

「はあ——やれやれ」ぼくの質問には答えず、どころかぼくを視界から外し、子荻ちゃんは一仕事終えたようなため息をつく。「なんとか、《ジグザグ》が出てくる前にケリをつけられたみたいね——無事に終了して何よりだわ」

「……何か忘れてないか？」

「ん？　ああ。あなたですか。はいはい……」子荻ちゃんは、年齢不相応な微笑を浮かべ、慇懃《いんぎん》っぽくぼくに向き直る。「ええ。では私が正門までご一緒しますので、どうぞお引取りください」

「…………」

「今回の件は不問にしてやるから、とっとと出て行け、——そういっているのですが、理解できてますか？　女装趣味さん」

「誤解、されやすくて困ってるんだけどね」ぼくは強《し》いて声を低めていう。「ぼくはそんなに優しいわけでもないし——勝てると思ってた勝負で負けるのは凄く嫌いなんだ」

「了見が狭いんですね。気が合いそうです」

そういったときには、もう子荻ちゃんは動いていた。流れるような足捌《さば》きで——確実にそれは武道のそれだ——ぼくの腕をつかみつつ背後に回り、そしてそのまま肩の関節を固めてしまう。直立したままだというのに、あっという間にぼくは動きを封じられてしまった。しかもこんな細身の女の子にである。虚をつかれたことはいい訳にはならない。相手は正に、狙ってこそその虚を突いたのだから。

「策師ですから実戦は専門ではありませんけれど——一通りの護身術は嗜《たしな》んでいます」

「この学園はそんなものまで教えてるの？」

「その質問に対する答は《そういうものしか教えていない》ですけれど……しかし、いけませんね」

と、子荻ちゃんは更に、加える力を大きくする。肩部に走る激痛が増す。「追い詰められているというのにそのふてぶてしい態度……実にいけません。命乞いの作法も心得ていないのですか？」

冷えた声。圧倒的に冷えた声。この学園を改めて認識できた。養成所やら訓練所やら、そんなぬるま湯い言葉では最早ちっとも足りない。ここはそのまま――そのままの意味で、

戦場だ。

「さて、慈悲深い私はあなたが年長だろうことに敬意を表し、あなたに対して二つの選択肢を用意してさしあげます――一つは私に屈服する。一つはこのまま肩を外す」

「――どこの国の大統領だよ、きみは」

「いえいえ私などただのお山の大将ですよ――大将にすらなり切れなかった策師ですが」

「そりゃいいや。箴言遣いになれなかった戯言遣いの相手にゃ、相応《ふさわ》しい――」

ぎり、と肩が更に痛む。軽口を叩くのは好きだが軽口を叩かれるのは嫌いらしい。子荻ちゃん、割と我儘《わがまま》だった。

「……しかし一つだけわからないことがあるんですよ」少しだけ拘束を緩めて、子荻ちゃんはいった。「わからないこと――つまりは不確定要素が混じっているという状態は、策師にとってよくありません。不確定は不安定を生じさせますからね」

「………」

「あなた、どうして、この学園に侵入することができたんです?」

子荻ちゃんはそう訊いた。《どうやって》ではなく、《どうして》と。まるでそれが、世界そのものを根底から揺るがす疑問であるかのように、方法を訊くのではなく根本を問うかのように。

「……別に。偽造の学生証を使って……、それで制服着てるからバレなかっただけだろ」

「その程度で、この学園の生徒達の目を欺《あざむ》けた、とでもいうのですか? そんなレベルの低い警備システムだと、でも?」

確かに――既に知ってしまった澄百合学園、否、《首吊高校》の実態を思えば、ぼく程度の変装が通

じるとも思えない。喋らずにいれば男女の性別は誤魔化せるにしろ、しかし部外者であることは簡単に看破されてしかるべき。子荻ちゃんが疑問を感じるのも無理もないことだ。けれどその疑問に対してぼくは答を持たない。ぼく自身が訊きたいくらいで、幸運な偶然だろう、としかいえない。

「まさか《幸運な偶然だろう》なんて戯言、いわないでしょうね——」

そういって子荻ちゃんは再度腕をひねり挙げる。本人の方は力加減を調整しているつもりらしいが、やられる側はたまったものじゃない。もう片方の腕は背後の子荻ちゃんには届かないし——踵が上がってしまっているので、脚を使っての反撃も不可能だ。素人にはありえない、見事な殺し技だった。

殺し技。だからこそ、返し技はある。

「それは酷く簡単なことだよ」ぼくは静かにいう。「子荻ちゃんが図抜けた馬鹿だからわからないだけさ」

かぁ、という、頭に血が上る音が後ろから聞こえた気がする。次の瞬間子荻ちゃんがぼくの腕を更に四分の一回転ほど捻《ひね》って——そして《ごきっ》と、肩の骨が抜ける音がした。

「——え?」

呆気にとられたような驚きの声は脱臼《だっきゅう》させた張本人、子荻ちゃんのもの。

ぼくは脱臼したことで逆に自由になった腕を翻《ひるがえ》し、そして子荻ちゃんに向かい、未だ混乱状態を脱しきれない子荻ちゃんの胸の辺りを、肩の外れていない方の腕を使って思いっきり、手加減抜きで突き飛ばした。どんな達者な口をきいていても所詮は十代の女の子の肉体、朽木のように吹っ飛び、無様《ぶざま》に廊下に転がる。

「——っつ!」

しかしさすがに子荻ちゃん、受身を取ったらしくすぐに半身を起こし、ぼくを睨《にら》みつけてきた。ぼくはそんな視線を飄々《ひょうひょう》と受け流し、無事な側の腕を広げて見せ余裕ぶる。

「訊かれた質問にはさ、やっぱ《偶然》としか答えられないから、今子荻ちゃんが抱いているだろう疑問に答えると――ぼくは先月、とある事件に巻き込まれてね。そのとき両肩とも脱臼してるんだよ。なんでそんな怪我したのかは忘れちゃったんだけどさ……、とにかく脱臼はしばらく癖《くせ》になるからね。今は比較的脱臼しやすい状態なんだよ」

「――く」子荻ちゃんは呻く。「じゃああなた、わざと挑発して、脱臼させて――」

「《策師》っていってたよね？　ぼくも立場的にはそれに近いからよくわかる。計算外が一つでも起こると、すっごく混乱しちゃうんだ。《この程度で脱臼するはずがないのに》――その気持ちは痛いほどよくわかるよ」

というか本当に痛いのは肩だけど、それは顔には出さず得々と講釈しながらぼくが考えているのは《さて、これからどうしよう》ということだった。

不意打ちに近い回避動作で何とか固めからは逃れることができたけれど、それで優位に立ったというわけではない。むしろ火に油を注いでしまったともいえる。子荻ちゃんが混乱している今の内に、舌先三寸口八丁、なんとかまるめこまなければ、あの四人につれていかれた姫ちゃんに追いつけない。

「――正義のヒーローかよ、ぼくは」

自虐的に呟く。このぼくが誰かを助けようだなんて――そんなことを思うなんて。そもそもそんな機会が訪れるだなんて思ってもみなかった。これは流されているだけなのだろうか？　いつも通りにぼくらしく、情ではなくて状況に流されているだけなのだろうか？

子荻ちゃんはそんなぼくを怪訝《けげん》そうに見たが、しかし刹那、ぎょっとしたように目を瞠《みは》る。その視線はぼくの頭上を通り過ぎて、更に後ろに向けられているようだった。

「――頑張ってるじゃん、いーたん」

　そんな何気ない、まるで《街中で偶然あったから挨拶を交わした》程度の台詞《せりふ》を口にしつつ――その人物は、ぽん、とぼくの肩に手を置いた。外れている方の肩だったので、半端でなく痛い。

「――哀川さん……ですか」

「あたしのことは名字で呼ぶなって――何度も言ってんだろ。ん？」

　肩に置かれた手に力が入る。

「そうでしたね――潤さん」

　ぼくは子荻ちゃんから目を離さないままに、背後の哀川さんとそんな会話を交わした。子荻ちゃんの方は正面のぼくとは目を合わせない。当たり前だ、策師としての彼女自身が、そんな無駄を許すまい。人類最強を目前に脇目を振るなんて愚行を、どうして許せるというのか。

「ははは――やっぱお前一人じゃ不安だったんで、ぞろっと助けにきてみたよ」

「勘弁してくださいよ……それなら最初から自分で、ですね……」

「そういう楽しい掛け合いは後回しな。で、どうすんの？　えーと。子荻ちゃんだっけか？　あたしのこと、知らないかな？」

「……ええ、知ってますよ」子荻ちゃんは、ぼくと相対していたときとは比べ物にならないほどに鋭い視線で哀川さんを睨む。ぼくに対してはまだ、それは余裕ゆえのものだったとしても、手心を加えていたということ……らしい。「赤き征裁《オーバーキルドレッド》については、《入学》して最初に聞かされましたから」

「そいつは光栄」ふざけた態度で、哀川さんは子荻ちゃんを揶揄《やゆ》するように笑う。「――で？　策師だっつー子荻ちゃんは、ここからどんな策を繰り出すんだ？」

「逃げます」

いっそ堂々とそういい切って、子荻ちゃんはすっくと立ち上がった。その態度には、そして表情には、怯《おび》えも恐れも一切含まれていない。不屈——むしろ不遜だ。哀川さんを前にこんな態度を取る《敵》を見るのは初めてだった。しかもそれが年端もいかない子供ときている。

異常、だった。

「逃げられると思ってんのか?」

「思ってますよ——そこの女装趣味さんが負傷していますからね」にやり、と笑う子荻ちゃん。「赤き征裁《オーバーキルドレッド》が身内に甘いってことは——よぉく知ってるつもりです」

「…………」

「それから、あなた」子荻ちゃんはぼくを睨んだ。「あなたが私になさったこと——ゆめゆめお忘れにならないよう、お願いします」

「え?」

何かしたっけ。

むしろぼくは被害者《されたがわ》だと思うのだが。

「それではごきげんよう」

そして子荻ちゃんは一路脱兎、スカートと長髪を翻しながらぼくらに背を向け駆け出した。てっきり哀川さんはそれを追うだろうと思っていたけれど——ぼくの肩に手を置いたまま、哀川さんは微動だにしなかった。

「潤さん、逃がしちゃっていいんで——」

ぼくは慌てて哀川さんを振り向こうとしたが、しかしそれは、

「ししょおー!」

どこから現れたのか、姫ちゃんの体当たりによって阻害された。いくら姫ちゃんが軽量級だとはいっても完全な不意打ち、ぼくはそのまま廊下の床に押し倒されてしまう。

何をしやがるこのガキ貴様ぼくの命を狙う刺客か、と思ったけれど。けれどぼろぼろと大粒の涙を流しながらぼくの上にのっかかっている姫ちゃん

に、そんなことをいえるはずもなかった。

「うわあああ……あ」姫ちゃんは嗚咽交じりに、ぼくの外れた肩を触る。「こんな、肩…… ごめんなさい、姫ちゃんのせいで——姫ちゃんが、姫ちゃんの……」

「…………」

いや、脱臼してる肩を触られると、痛いって——どうして、本当にどうして、そんなことも、わからないの、だろう。

しがみつくように、そのままぼくに抱きついてきた姫ちゃんの、制服の袖が少し破れていることに気付く。さっきの四人に押さえつけられたときか。勿論哀川さんはぼくよりも先に姫ちゃんを助け、だからあの変な名前の四人を撃退したのだろうけれど——それでも姫ちゃんは無傷とはいかなかったようだ。

「……、あ、こ、こんなのは全然平気なんですよっ!」

ようやく冷静を取り戻したか、ぼくの視線に気付いて、姫ちゃんは破れた袖を隠すようにする。

「こんなのはただの擦過傷ですっ!」

「痛そうじゃねえかよ」

かすり傷。意味は同じだけど。

「…………」

そうなんだよな。

底抜けに明るく、陽気で、無邪気で。

天真爛漫、純真無縫、けれども。

けれども、決して無神経じゃない。

こんな風に、自分の身よりも、他の誰かのことを気遣い。他人の痛みを自分のもののようにとらえて。そんなことに意味なんかないのに。ぼくが傷つくのは彼女のせいなんかじゃないし、そもそもぼくが勝手にやったことなのに、それを彼女は認めない。一切否定せず、委細構わず、抱擁するように、包む込むように——

——いや、待て。

それは、違う奴のことだろう。

姫ちゃんじゃない。

姫ちゃんと、あいつとは、違うのに——

「う、うわああ」

感情がぶり返してきたのか、姫ちゃんは再度、涙を隠すかのように、ぼくの肩にしがみつく。

「——だから、痛いっての」

違うのに。

どうして、こんな。

戯言まがいな揺らぎの感情が。

「一姫、離れろ。いーたんの肩を破壊する気かよ」

哀川さんが姫ちゃんのセーラー襟をつかんで強引にぼくから引き離し、そして同じく強引にぼくを引き起こした。「頑張るのもいーけどあんま無茶すんなよ。外し過ぎると慢性になんだぞ、脱臼。ほれ、嵌めてやるから大人しくしろ」

「………」

大人しくしろ——といわれるまでもなく、ぼくは身動きのとりようもなかった。正確を期すなら、哀川さんの姿を視界に入れた途端、まるでどこかの超能力者にタチの悪い呪文でもかけられてしまったかのように、身体が硬直してしまったのだ。

呪文。

確かに。

哀川潤のセーラー服姿には、それくらいの効果はあるだろう。

第三幕——首吊高校

自分の制服のスカーフをほどいて三角巾を作り、ぼくの右腕を吊ったところで、哀川さんはそうぼやく。ぼやくといっても、困ったとか悩んでいるとかいうより、むしろ楽しそうな感じを受けるぼやき方だけど。

女子高生ルックの哀川さんもなかなか悪くないなあと思いながら、ぼくは「そうですね」と相槌《あいづち》をうつ。絶対に違和感があると思っていたけれど、やはり哀川さんくらいの美形になると何を着ても様になるものらしい。なんというか、そう、人生はつらいことばかりだ。

「今の策師っ娘を取り逃がしちゃったから、あたしのこともバレちゃっただろーしなあ。いーたんを囮《おとり》に誤魔化せるはずだったんだけど……」

「ああ……すいませんでした、ぼくのせいで」

即座に謝ったけれど、しかし今この人、囮とかいわなかったか？

「困ったですねー。どうするですかねー」

0

芸術は模倣に始まり模倣に終わる。

1

不自然というなら——この場合、一番不自然なのはなんだろう。

戯言遣いでありながらむしろ戯言に使われているこのぼくか。根拠もなく最強を名乗る請負人か。異質な学園からの脱走を試みる姫ちゃんなのか。それを捕らえようとする子荻ちゃん達なのか。けれどどれにしたってこの学園という範囲内、《首吊高校》の囲いの中では、際立って異様、とは言い難い。

「——は。さーて。どうしたもんかね」

などと適当に相槌を入れる姫ちゃんにしても、逼《ひっ》迫感《ぱくかん》はまるでない。この二人、まるで危機感というものに欠けているようだ。哀川さんはともかく、姫ちゃんの方は問題である。さっきあっさりと捕獲されてしまったことといい、姫ちゃんには子荻ちゃんのような戦闘能力はなさそうなのに。

「それとも姫ちゃん、実はすごい力持ちだとか？」

「全然。姫ちゃん、力なんかいらないですし」

「知識の時代だってか？」

「そうですよ。昔の偉い人はいってます」

姫ちゃんは例の、くいっと指をあげてついっと降ろす動作をし、そしてぼくをびしっと指さした。

「病《やまい》は気から！」

「………………」

ひょっとして《知は力》じゃないのかそれ。

とても知識を持つ人間の発言ではなかった。

「ええ。姫ちゃん落ちこぼれでして。だからいい加減この学校嫌になったので退学したいですけど、でも許してくれないわけです。気持ちよく逃がしてくれればいいのに、機密保持のためだとかなんだとか。だから姫ちゃん、潤さんに頼ったですけど」

「他力本願」

「あー。そういうの師匠にいわれたかないですよー」姫ちゃんはばかにしたように指を振る。随分とハンドゼスチャの豊富な娘だ。「あ、ちなみに、さっきの萩原さんはですね、この学園の《生徒》の中じゃ一番優秀な人です。三年生、先輩ですね」

「ふうん……」

「だから師匠、肩外された程度で落ち込むことはないですよ。いくら相手が女の子だっていっても、器《うつわ》が違うですから器が。いや、器というより格が違うですよ。いやいや、むしろ格というより核から違うというですか……」

「………………」

なんかむかついてきたぞ、この娘。哀川さんの出現によって本性が出てきたか。化けの皮が剥がれ馬脚を現しやがっているのか。さっきの涙はなんだったんだ。

「はん。とにかく正面突破は諦めよう」億劫そうに前髪をかきあげてから、哀川さんはそんなことをいう。「萩原子荻――学園トップなんて肩書きは恐るるに足りねーが、何にしたってああいう奴は苦手だ。なるべく相手したくない」

「あ、だからさっき見逃がしたんですか。でも、潤さんにも苦手な相手がいるんですか？」

「……いるさ、そりゃあな。何も持っていない癖に自信たっぷり――空っぽの空洞の癖に誇り満々――そういう矛盾《むじゅん》を抱え込んだ相手は苦手だ。よくわからんからな」そして哀川さんはすがめるようにぼくを見る。「これ、お前のことを含めていってんだぜ？　いーたん」

「え……いや、それじゃぼくと子荻ちゃんが似た者同士みたいじゃないですか」

むしろ子荻ちゃんは哀川さんと同属性だと思ったのだが。

「いやあ、そりゃただの若さゆえの無謀だろ。あたしの尊大とあいつの不遜とじゃ意味が違う。そういった基準でもお前とあいつは似た者同士さ。策を弄《ろう》すれば策に溺《おぼ》れるところなんか、もうそっくりだ。へ、策師ね――笑わせてくれんよ。さてと。いーたんが一姫連れ出してくれりゃそれでもいいとも思ってたけど……こうなったら仕方ない。正攻法の逆を行こう」

「逆ですか？」相槌は姫ちゃん。

「どういう意味です？」疑問はぼく。

「むしろこっちの方が正当な手段といえなくもないけど――こっちから攻めに出る。職員棟に押しかけて《理事長》と直談判《じかだんぱん》だ。一姫の退学権をかけて交渉《ネゴシエーション》って奴だな」

わかり易《やす》くていいだろう？　と哀川さんは唇を歪める。

驚きの声をあげることすら、ぼくはできなかった。そして改めて、一体何度目になるのかわからないが、とにかく改めて、感服する。ぼくがこれまで相手の裏をかいて逃げることしか考えてこなかったのだとすれば、哀川さんはその正反対をだけ考えて生きてきたのだろう。相手の正面に向かって宣戦布告、堂々と誇り高く攻めること。ただ、それだけのことを考えて。

「でも潤さん——」

「いいんだよ一姫。あたしは昔っからあいつのことは気に入らなかったんだ。お前だってあいつのことは快《こころよ》く思っちゃねえんだろ？　打ちのめす機会が生じたことはむしろ幸運だ。さて、そうと決まれば——行くぞ」

　自分で提出した案を一人でさっさと決めてしまい、哀川さんは歩き出す。はっと気付き、ぼくと姫ちゃんはその後ろを、慌《あわ》ててついていく。この場にいる誰が主役で誰が脇役なのか、既に暗黙の内に決定しているようだった。

姿勢、思想、そして行動に内実。
精強覇大にして堅牢強固。
自信と誇りに偽りはなく。
哀川潤に、矛盾はない。

2

そこから先の道中は哀川潤オンステージだった、とだけいえば十二分に事足りる。

　確かなことは哀川潤を阻《はば》めるような存在などこの学園内にさえありえないということだった。有機物無機物を問わずまさしく鎧袖《がいしゅう》一触、途中に現れた学園の生徒だと思われる障敵を片っ端から片っ端まで薙《な》ぎ払い、駆逐し、翻弄《ほんろう》し、撃退し、校舎内にしかけられていた様々な罠《トラップ》すらも踏み荒らすように意に介さず、ただただ、絶対的な力のみで、すったもんだのてんやわんやがあれやこれやと、大嵐のような展開の末——というか展開のような大嵐の末、校舎を脱出、そして渡り廊下を通じて、《職員棟》とやらの裏口に到着した。

　描写する価値もないほど圧倒的で、筆舌に尽くせるはずもないほど嘲弄《ちょうろう》的な存在。哀川さんが現れるまで、たかだか数人の生徒相手にあれほど右往左往していたぼくと姫ちゃんが、まるでとるに足りない存在のようだった。

「《のようだった》って、師匠、実際とるに足りない存在だったと思うですけど。姫ちゃんも師匠も、ここに至るまで何の役にも立ってないじゃないですか」

「その手の客観的発言をするときは直截的表現手法は避けるが吉だ。曖昧《あいまい》表現は戯言遣いの基本だよ」

「姫ちゃんはそんな変なのじゃないですー」

　変とかいいやがった。

「でもさすが潤さんですよ。前に会ったときより益々《ますます》腕に磨きがかかってるですね。本当、八方美人の大活躍です」

「大活躍なら八面六臂《はちめんろっぴ》だよ」

「あ、そうですね。八方美人は師匠でしたね」

「……失礼な」

「へえ。では否定するのですね」

「いや……まあぼくという要素に八方美人的なところがあるかもしれないというのは、認めないでもないでもないでもないでもない」

「どっちなんですか」

「お前らうるせえ」哀川さんが職員棟の入り口を前に、佇《たたず》んで、ぼくらを窘《たしな》める。「仲がいいのは結構だけどな……お前ら少しは疑問に思わないか？　あたしはさっきからずっと思ってるんだけど」

「なんですか？」

「さっきからあたしら襲ってくるのは生徒ばっかだと思わない？　おかしーだろ？　いーたんと一姫だけなら訓練代わりに生徒だけに任せるってのもありえない話じゃないが……このあたしだぜ？　哀川潤なんだぜ？　《教員》あるいは《警備員》クラスが出向いてくるのが礼儀ってもんじゃねーのか？」

　用心深いのか自信家なのかよくわからないことをいう。だが確かに哀川さんのいう通り、ぼくらを阻害しようとしていた障敵は一様に若い娘ばかりで、皆黒衣の制服を着用していた……姫ちゃん、哀川さん、そしてぼくと同じく。

　……あれ？

　ぼくと同じく？

「ちょっと哀川さん。もう侵入しているのバレてんですから、ぼく、もうこの格好してる必要とかないんじゃないですか？」

「ああ……いいじゃん別に。可愛《かわい》いし」

「……いや、しかし」

「きゃーん。いーたん萌《も》え萌え！」

「…………」

　そんなことをいわれては脱ぎにくい。というより脱ぐなと強制されているようなものだ。何かいいように遊ばれている気がするが、とにかく、ぼくは疑問点を元に戻す。

　哀川さんの策戦——外側に脱出しようというのではなく内側に向かい核を叩く——は意外性がその利点。いわば奇襲攻撃だ。あちらは自分達を追う側

――自身を狩る側だと思っている。だからこそ、自分達が襲われるとはつゆほども思っていない。今だって、ぼくらはただあちこちに逃げ回っているだけとしか思っていないだろう。つまり、ただ単純にあちらさんには危機感が不足しているということではないだろうか？　たとえ相手が哀川潤でも、こちらが追われているわけでもないし――と。

「そんなとこかね――ああ面倒くさい」

「面倒って――楽でいいじゃないですか。強い人が出てこないですから」

「面倒ってのはね、一姫――」

　哀川さんは片足を思い切り後ろに引いて、そしてつま先をがつん、と扉に当て――そしてそのまま鉄扉を蹴倒してしまった。がらんがらん――と音を立てて扉が崩壊していく。……錆びていたのだろう、きっと。

「こんな風に扉をぶち開けなきゃならねえって点さ。鍵穴もねえ裏口の非常扉から、こそこそとゴキブリみてーに忍び込むためにな」

「…………」

　なるほど、哀川さんとしては正面入り口から公明正大威風堂々、名乗り上げて入りたいところだったらしい。それなのに《教員》が一人も現れず、誰にも露見せずにここまで到達することができてしまった。バレていない以上は裏口から入らざるを得ないのが残念なようだ。この目立ちたがり屋さんめ。

「理事長室は最上階だったな。あいつ高いとこ好きなんだよなぁ――こっちこっち」

　さすがにぼくとは違って記憶力完璧の哀川さん、構内図は完璧に頭に入っているらしく、勝手知ったるとばかりに非常階段を昇っていく。姫ちゃんはその後ろを「うー。馬鹿とハサミは痛快ＹＯ！」など と謎のエセ日本語を呟きつつついていく。

「職員室は避けて通らなきゃな……ああ面倒くせえ。策とか罠とかどうでもいいから、人数と物量と地の利に物をいわせてかさにかかって攻めて来いってんだ」

「それじゃお話にならないですよー」

哀川さんと姫ちゃんにどういう過去があるのかは知らないが、そんな軽口を叩き合ってる様子を見ると、かなり仲がいいらしい。会うのは久しぶりだろうに、そんな違和感もよそよそしさもないし、そういえばさっきからお互いに久闊《きゅうかつ》を叙するような台詞も旧交を温めあうような会話もない。それがかえって、二人の親密さを表しているような気がする。哀川さんはあの通り姉御肌だし、姫ちゃんはもろに保護欲を刺激するタイプなので、お似合いといえばお似合いなのだろう。

「…………ん？」

……いや待て。もしそうだとすると、今ぼく、かなりいらない登場人物になっていないか？　それはまずい。こんな格好までしてそれはまず過ぎる。自分の存在理由をかけて、ぼくは哀川さんに質問することにした。

「その、さっきの話じゃ潤さん、理事長と知り合いみたいですけど、どんな人なんですか？　ここの理事長って」

今の時点で想像するに、かなり悪趣味な人間としか思えない。年端のいかない女子を集めて特殊教育を施す。全く、とんだハーレムもあったもんだ。

「名前は檻神《おりがみ》ノア。今年で三十九歳、女だよ」

「檻神って、その名字……」

ああ、と哀川さんは振り向きざまに頷く。

「赤神《あかがみ》、謂神《いいがみ》、氏神《うじがみ》、絵鏡《えかがみ》、そして檻神。いわゆる四神一鏡の末を司る血流だ。もっともノアは直流じゃなくて傍系の血族だから、本家との繋がりは薄い。だからこの学園自体は、檻神の家とはあんま深い関係はねーよ。どっちかつーと神理楽《ルール》の方かな」

「神理楽《ルール》……日本のER3じゃないですか」

ER3システムが組織《コミュニティ》であるのに対して神理楽《ルール》は網合《ネットワーク》だという違いこそあるものの、両者のやっていることは大して変わらない。ならばここは、E

R3でいうところのプログラム制度、みたいなもの……なのか？

「応よ。ここの卒業生の四割が神理楽《ルール》に流れていくって話だぜ。あとはまちまち……。最優秀の生徒とかはそのER3に行くことになるかな。社会的認知度でいやああっちの方が上のわけだし。あの萩原って奴も、あの分じゃそうなるんじゃねーか？」

さすがは哀川さん、ぼくとは違ってこの学園の内情、それに《卒業生》についても一廉の知識を保有しているようだった。ふむ、一般的なニュアンスに沿った言い方をすれば、《人材の育成》みたいな感じなのだろう。そういう意味では養成所だし、それに《教育機関》の名称も間違ってはいないけれど。

けれど、しかし。退学を許さず、逃げようとすれば捕らえられ、生徒自らが策師を名乗るような、そして首吊高校などと自身で自身を揶揄するような学園が、果たして教育機関といえるのだろうか？

「元々この澄百合——首吊高校の母体はノアの母親が作ったんだ。その頃はまだ比較的……あくまで今と比べてって意味で比較的、まともな学校だったんだけど。一年半前、その母親が首吊って死んじまってな。そんでノアが継いでから狂った。具体的にどう狂ったかといえば、難しいけど——」

「空気が狂ったですよ」

姫ちゃんが、珍しくきっぱりとした口調でいった。表情は後ろからでは窺《うかが》えないけれど——きっとまた、あの陰鬱なものになっているのだろう。姫ちゃんは今二年生だから、入学したときにはもう理事長は交代していた、ことになるのだろうか。

「《入学》してしばらくは、そりゃロクでもない学校でしたけど、我慢してたです。でもどんどん歯車が狂っていって……姫ちゃんは友達が死ぬような場所を学校とは呼びません」

「……そういうこった」哀川さんは姫ちゃんの頭をがしがしと撫でて、言葉の跡を継ぐ。「だけどな、狂ってるかどうかってのは外から見ないとわからない。何かと比べない限り、異常と正常との区別なんざつかねーし、だったら自分が正常だと思うのが当然だ。そして学校ってのは外からじゃ決して見れない密室だぜ。狂気は深く深く浸透していって――手に負えなくなり、現状の出来上がりってわけ」

「……姫ちゃん以外には、いないの？ これが《異常》だ、《狂って》いるって、思っている生徒。こんな学校辞めてやるって生徒は」

「ああ、いましたね。昔」

姫ちゃんのそっけない一言は、ぼくを沈黙させるに十分だった。

「さっきはああいったけど……あたし自身、檻神ノアのことをそんなに嫌な奴だとは思ってないんだよ。確かに気にはいらねーってのは本当だし、一言いってやりたい。あいつは人間をただの数字としか判断できない、人の死を統計でしか判断できない奴なんだ。一人死んだってのは二人死んでないって意味。数値こそが全てだと思ってるんだ、あいつ。でもな……あいつの理想ってのも、わかんねーじゃねーんだよ」

「旧知……なんですね」

「まあね。二年前に決別したけど」

だから二年ぶりの再会ってわけだ、と哀川さんはおどけるようにいう。けれどそんな哀川さんの態度は、どこかわざとらしかった。人を騙《だま》すことにかけてはこの戯言遣いすら遥かに凌駕《りょうが》する哀川さんがどうしてそんなわざとらしい演技をするのかぼくにはわからない。

「でも潤さん。感情に走らないでくださいよ」

「だーれに口きいてんだよ、てめえ。話し合いの目的は、紫木一姫の自主退学の受け付け。わかってんよ、それくらい」

「ならいいですけどね」

ぼくは自らの役割を滞りなく終えた男の気分で緩やかに背伸びをし、そしてさっきから押し黙っている姫ちゃんに「じゃあさ」と話しかける。

「ここを出れたら、どうすんの?」

「……そうですね」姫ちゃんは答えた。「楽しいことをいっぱいしたいと思うです」

まるでそれは、これまで《楽しい》という思いを、一度も抱いたことがないような言い草だった。

「毎日が月曜日の、楽しい日々を送るです」

「最低の日々じゃないか」

律儀に突っ込みをいれつつも、ぼくの心は他のところにあった。刺激される。ぼくの中の、一番弱い部分――懐古心が、丹念に丹念に刺激されている。本当……似ている、なんてものじゃない。これじゃあ姫ちゃんは《あいつ》と一緒だ。ならば――と思う。これはぼくにとって、懺悔《ざんげ》と罪滅ぼしのチャンスではないだろうか。誰か一人を壊したことを、誰か一人を救ったことで、相殺できるだなんて、そんなことは思いもしないけれど――そもそも人の救い方なんて、ぼくにはわからないけれど、でも――

「余計なこと考えんなよ、戯言遣い」

哀川さんがぴしゃりといった。

「おら、まかりこしたぜ、最上階――」

非常用の扉を、哀川さんは難なく開けてしまう。どんな技術に関しても最高峰の仕上がりを見せる万能家、オールラウンドの請負人哀川潤。中でも読心術と声帯模写、それに錠開けをやらせれば右に出る者はいない。

廊下を歩いてすぐの場所に、いかにも重厚そうな扉がでんと構えていた。とても一介の学校に備え付けられるべき代物ではない。防弾どころか、核攻撃からでも生き残りそうな鉄扉、絶縁扉だった。

哀川さんはおざなりなやり方でノックをした(ひょっとして、今哀川さんの中でノックがブームなのだろうか)が、返答はない。当然だろう。では、と扉のノブをつかもうとしたが、そこにはノブなんてなかった。ノブどころか、先ほどの裏口同様、鍵穴すらもない。そこにはかわりに掌紋チェッカーのパネルが備え付けられていた。

「ちゃ。こりゃさすがにあたしでも無理だわ」

「そうなんですか？」

「いくらあたしでも自分の指紋はかえられねーよ。姫っち。これってどういう構造？」

「職員棟の扉はみんなこうですよ」訊かれて、姫ちゃんは縷々《るる》と説明する。「先生本人にしか、解錠も施錠もできないようになってるです。そのチェッカーに掌をですね、押し付けて、施錠。同じく押し付けて、解錠です」

「はあん。合鍵は絶対に不可能ってわけか……玖渚ちゃんでも連れてくりゃよかったかな」

確かに玖渚がこの場にいれば、コンピュータを中身ごといじくって、このドアをあっさり解錠せしめることだろう。

そういえば、玖渚はこの学園の内情について、知っていたのだろうか？　玖渚から学園の話を聞いたときは、そんなことは一言もいっていなかったけれど。けれどあいつはそういうことをぼくに話したがらない奴だから、知っていて黙っていたという線もある。ともあれ、学園の内情がこんなのでは、制服が手に入らなくても当然だ。玖渚が早々に制服入手を諦めた理由が、やっとわかった。

うん？　では哀川さんはどうやってこの制服（しかも二人分だ）を入手したのだろう。

……手作り？

「これ、中からは普通に施錠できんのか？」

「どうでしたっけ。できたと思うですけど」

「そっか。じゃ、中にいるのかな。居留守か……ふざけやがって」

そこでぼくは背後に監視カメラがあることに、今更気付く。慌てて哀川さんに教えたが、哀川さんはうるさそうに、「そんな回路はもう切ってあるよ」と言い捨てた。確かに監視カメラの癖に、それは全然稼動していなかった。

「お前ら助けに行く前にそういったこまかい小細工は全部終わらせてんよ……警報も切ってるし。いらんこと心配すんな。あーくそ。これじゃ中に入れねーじゃねーか」

「でもノックして反応ないってことは理事長、中にいないんじゃないですか？」

「いや、あたしと同じで、ノアも逃げるってことにゃ興味のない奴だかんな。籠城《ろうじよう》策戦か？　あるいはただの不敵か……どっちみち馬鹿にされてることだけは確かだな」

よーし怒った、と哀川さんは決意の呟きを発し、そして服の中から何やら黒い塊《かたまり》のようなものを取り出した。四角くて、片手に丁度おさまるくらいの小型サイズのそれは、俗にスタンガンと呼ばれる物体だった。無骨なその外観は見る者に本能的な恐怖を与えるに十分である。

「……潤さんが武装してるなんて珍しいですね」

「うん。今回はわけありでな。ちょっとある人間を無傷で連れ出す必要が生じたから……まあそれはいいや。さてと、こいつを……」

哀川さんはスタンガンの先端を掌紋チェッカーに押し当て、そしてスイッチを入れた。電光石火が飛び散り視界が乱れ、刹那遅れてばばば、と鈍い音が響く。視界が戻ると、チェッカーは粉々に粉砕されていた。嫌な感じの煙があがっている。

「すごい威力ですね、それ……」

「ああ。ハンドメイドの特別品さ。これでもリミッター外してない状態なんだよ。人間に食らわせればその衝撃で二、三日分の記憶を消失させかねない凶器だぜ」

哀川さんはそんなことをいったが、しかしいくらなんでも大袈裟《おおげさ》だろう。その程度で記憶が飛んだりする人間がいるわけがない。

そしてチェッカーの奥の回路部分をおざなりな感じで覗き込む哀川さん。

「うん、いい感じに回路が焼き切れてる。あとは簡単……マイジン系回路か。平凡凡庸お約束。じゃ、ちっと待ってな」

そのまま哀川さんはチェッカーの奥に手を突っ込んで、中身をごちゃごちゃと素手でいじる。明らかに感電の危険を冒《おか》しているように見えるが、哀川さん、皮膚《ひふ》に特殊コーティングでも施しているのだろうか。やがて「よーし。解錠完了」といって、哀川さんは扉を引く。その尋常でない分厚さから考えて通常では自動ドアなのだろうが、回路が焼き切れたためその機能は失われたらしい。

「ん。やっぱ重いな……」

哀川さんは両腕を使って、扉を横に引き始める。ずずぅ、と、とても扉が開く音とは思えない不吉な音が廊下に響きつつ、扉は徐々に開いていく。

「…………」

しかし、とんでもねえ力技だ。これから話し合いをしようという人間の態度では、少なくともなかった。部屋の主に対して明らかに喧嘩を売っている。哀川さんはかなり好戦的な血の気の多い人なので、やはりそうなってしまうのだろうか、とぼくは内心焦《あせ》ってきた。全く、少しはどこかの人間失格を見習って欲しい。あいつは本当にいい奴だった。

「もー。潤さんは相変わらず猪突猛進ですー」

哀川さんを信奉している姫ちゃんですら、この行動には呆れ顔だった。けれどどこか、それでこそ潤さんだ、みたいな安心感のある呆れ顔だったが。

扉が半分ほど開いて、そして哀川さんに続いてぼく、姫ちゃんと理事長室の中に入り、

そして、十二の部品に断割された檻神ノアの解体《ばらばら》死体を発見した。

「…………」「…………」「…………」

胸部、腹部、腰部、左右上腕に手首、左右太股、それに左右脚部——ずたずたに解体されたそれら、檻神ノアのかつての部品は、あまりにも凄惨であまりにも無残な形で、室内に散らばっていた。血液の匂い、髄液《ずいえき》の匂い、肉片の匂い。高級そうな絨毯《じゅうたん》も

調度も、あますところなく血液がぶちまけられていた。外まで匂いが漏れてこなかったのが不思議なくらいだ。

そして檻神ノアの頭部は――天井から吊り下がっていた。その長い黒髪を天井の蛍光灯に縛られて。

タチの悪いスナッフムービーの一場面のようだった。その頭部に張り付いている顔は、三十九という年齢をまるで感じさせない若々しさがあったが、しかしそんなことはどうでもよかった。

天井から吊るされている首。恐怖と驚愕《きょうがく》以外に感じることなどあるものか。

「――誰か」哀川さんは静かな、感情を圧《お》し殺した声でいう。「誰か、この部屋から出て行った奴を見たか？」

黙ってぼくは首を振る。姫ちゃんも同じく。互いに互いを見てない。目の前にある解体死体に、本当に釘で穿《うが》たれたかのように、釘付けだった。

「――……は。笑わしてくれんよ」

哀川さんはぎりぎり聞こえるくらいにそう毒づき、そして部屋の中を動き始める。靴が血と肉で汚れるが、そんなことはまるで気にならないようだった。机の下、あるいはソファの中……人が隠れられそうなところを逐一調べている。

そして次はぼくの横を過ぎ、扉のところへ。ぼくもつられてそれを覗き込む。施錠のシステムを調べているようだった。哀川さんが壊したのは外側だから、内側の構造は比較的無事らしい。

「ふんふん……なるほど。どうしようもねえ」

哀川さんがそんな言葉を呟いたとき、ぼくはようやく、姫ちゃんの前に、こんな少女の前に惨殺死体が晒されているという現実に思い当たる。それは、だって、あまりにも――けれども、天井から吊り下がった頭部を見つめる姫ちゃんの瞳は、酷く冷め切っていた。

「あーあ……」姫ちゃんはそんな声を漏らす。

続けて《なんだ、死んじゃったのか》とでも呟きそうな、そんな感じの雰囲気。全く興味のない、だけれどその存在の大きさだけは知っていたものが、実はずっと前に消えていたと教えられたときのような反応。

「……とうとう、始まっちゃったですね」

「姫ちゃん……」

「心配ご無用ですよ、師匠」そして姫ちゃんはぼくを見て微笑む。やや陰鬱さの混じった、憂いのある笑顔を。「落ちこぼれとはいえ姫ちゃんだってここの生徒です。このくらいでショックを受けたりはしないです」

「……そう。ならいいけど」

よくはない。全然よくなんかない。けれど踏み込めない。踏み込めない。踏み込むことができない——姫ちゃんの心に。一言、「今何を考えているんだい？」と訊けば、それで何もかも払拭《ふっしょく》されるというのに、ぼくにはそれができない。

お為ごかしや戯言を抜きにして本音で人と接することは、つまり互いに傷つけ合うことなのだから。下手な踏み込み方をして姫ちゃんを傷つけたくないし——そして何よりぼくが傷つきたくなかった。

これ以上。こんな状況で。

がちゃん、と後ろで音がした。

哀川さんが扉を閉じた音だった。

「まずいことになっちまったぜ——なあ」

「あ、そうですね……」ぼくは哀川さんに応じる。そうすることで、逃避する。「理事長が……殺されてる、なんて。これじゃ危険を冒してここまできた意味が……」

「そーじゃねーよ。そんなことはどうでもいい。そんなの、ただ単に別の手段を選べばいいだけだろうが。目的のために選べる手段は無限を越えるくらいにあるんだからな。全く——随分とあっさり、この部屋までこれたと思ったぜ。そういうことか。どっかからそういう指示が出てるってことなんかね」

「……どういうことです？」

「いーたん。あたしが今気にしている問題はよ——これが密室殺人事件だってことだ」

「——はあ？」

間抜けな声を出してしまった。

だってそうだろう。いやまあ確かに、扉が掌紋で管理されていて、そして錠が降りている状態の扉をこじ開けてみれば、中には解体《ばらばら》死体に吊り下げられた首——うん。扉はオートロックじゃないらしいし、密室殺人事件、その呼称それ自体は承認されるか。だけどそんなこと、別段どうでもいいじゃないか。理事長、檻神ノアが殺されているから話し合うことも、どころか敵対することすらもできないっていうのが問題なのであって——

「密室なんてどうでもいいことを議論してる場合じゃないでしょう？　知り合いが殺されてるから混乱してるんですか？　しっかりしてくださいよ。哀川さんらしくもない——」

「あたしのことを名字で呼ぶな。あたしを名字で呼ぶのは《敵》だけだ」哀川さんはぼくをぎろりと睨む。「あたしは冷静だよ。あのな、いーたん。あたしが普段密室をどうでもいいとかいってんのはただの偏見じゃねーよ。そこに何の意味もないから、笑ってやってるだけだ。たとえば四月の鴉の濡れ羽島の事件。あのときの密室に一体どんな意味があったよ？　あんなのただ、《密室にしたかったから密室にしただけ》だろう？　この場合あたしが求めているのは必然性じゃない、その意味だ。不可能性をアピールすることによって自分を容疑の外に出すってのは確かに見識の一つだが、だけど何をどうしたところで、証拠の不在は不在の証拠にはなりえない。そんな小細工、本当に何の意味もない。策を弄すれば策に溺れる——結局はそういうことさ」

それはその通りだと思う。けれど。

「けれどこの場合はすげー意味があるぜ。断然突き抜けた意味がある。なあおい、あたしら、どうやってこの部屋に入ってきたよ？」

「そりゃ、潤さんが扉をぶち壊して——」

「ああ。明らかに《不法侵入者》の行いだよなぁ……学園から脱出を試みている怪しい、《不法侵入者》の行いだ。そして部屋の中には惨殺死体。この状況で誰を疑うべきかなんて、はっきりしてるとは思わないのか？」

「……あ」

……そういう意味だったか。

つまりこの状況を作り出した何者かは——ぼく達に罪をなすりつけることに成功したわけだ。密室状況を形成することによって。ああ、確かに、この状況で、ぼくら以外の一体誰を疑えというんだ？

「潤さん、これは……」

「してやられた、ということだ」

哀川さんはしかし、それに対して何の屈辱も感じていないらしく、どころかその策謀者を褒《ほ》め称《たた》えるかのように、「本当、笑わしてくれんよ」と、シニカルにせせら笑う。

いや……待てよ。これって、哀川さんのいう通り、否、いっている以上にヤバい状況なんじゃないか？　ぼくの混乱にようやく危機感が追いついてきた。ただでさえ子荻ちゃん達に追われている身だというのに、その上理事長殺害の容疑者にまでされてしまって——

哀川さんは「やれやれ」と呟いて、そして解体され、あちこちに飛び散っている理事長の部品を拾い集め始める。

「……ずいぶんと切り口が乱暴だな。刃物……つうか、チェーンソーか。そうだな。人間一人解体する手間を考えたらそうなるか」

「肉片も随分乱暴に飛び散ってるし、そうみたいですね」姫ちゃんが頷く。「天井から吊るしてチェーンソーでずたずたにって感じじゃないですか？」

二人とも軽くいうけれど——それは酷い話じゃないのか？　チェーンソーだなんて。そんなもので、人の身体を。

「あんな蛍光灯が人重を支えきれるか？」

「力を分散させれば大丈夫……だと思うですけど」

「……全く、困ったもんだよなぁ、ノア」

　哀川さんはぼくでも姫ちゃんでもなく、中空にぶら下がった檻神ノアの首に、話しかけた。勿論、首は何も答えないが、構わず哀川さんは続ける。角度によっては少しだけ——悲しそうにも見える、そんな笑みで。

「お前の《理想》成就まであと少しだったってのになぁ……うまくいかないよな。だから面白いんだ、なんていってもお前にはわかんねーだろうけど……。お前には一言いいたいことがあったんだけど……まあいいや。全部許し解いてやるよ」

　そして哀川さんは一旦屈んでそれから跳躍《ちょうやく》し、蛍光灯に縛られている髪の毛を解いた。ごろり、と床に頭部が転がり、そして哀川さんはすぐにそれを掬《すく》い上げ、他の肉片部品とひとまとめにする。

「ふん。足りねー部品はねー、か……まあ継ぎ目の部分はいくらか欠けちまってるけど。さてさて」

　哀川さんは——哀川潤は、今までぼくが見た中で一番、それも飛びぬけて一番、邪悪で凶悪で最悪な、微笑みを浮かべた。

「面白くなってきやがった」

第四幕——闇突

0

詳しいことは神様に訊いてください。

1

　そして三時間後——辺りもすっかり暗くなった頃、ぼくと紫木一姫と哀川潤は未だ理事長室の中にいた。血の匂いにも肉の匂いにも既に慣れ、眼前に広がる異様な光景ともようやく折り合いをつけることができてきた。そんな折り合い、別につけたくないのだけれど。

　姫ちゃんはこの状況をどう思っているのか、相変わらず指をくいっついっと振って遊んでいる。ただ単に暇をもてあましているようにも見えるけれど、あるいは何か考えることがあるのかもしれない。

　哀川さんは哀川さんで、室内の棚にしまわれていた食料品を食べている。今食べているのは高級そうなお菓子だった。しかしこの場で、この状況で、そういったものを平気で食べられるとはどういうことか。よっぽど神経が太いのか、無神経なのか、どちらかだろう。

「——潤さん。いつまで、ここでこうしてるおつもりなんですか？」

「あん？　何度目だよその質問」

　クッキーを口にくわえたまま、哀川さんは四つん這いでぼくに擦り寄ってくる。

「何？　お前腹減ってんじゃねーの？　わかるわかる、腹減ると苛々《いらいら》すっからな」

「じゃなくてですね——」

「はい。あーん」

　哀川さんは開いたぼくの口の中に、食べかけのクッキーを放りこんだ。

おいしい。

「――じゃなくてですね！　子荻ちゃん達がどこまで迫ってるかもわからないってのに、いつまでもこんなところに――現場に留まってたりしたら、益々怪しまれるじゃないですか」

「お前もわかんない奴だなー。なんでそんな風にあれも駄目これも駄目それも駄目どれも駄目、マイナス思考なんかねー。このネガティヴ王子様め。一姫、なんかいってやれ」

「師匠ー。無党は寝て待てですよー」

「意味わからねえよ」

わざとやってねえか、この娘。

「だかんな、いーたん。こういう状況で一番やっちゃいけないのは無闇に動き回ることだよ。今あたしらは将棋でいうところの《会心の一手》を打たれちまったんだぜ？　まだ詰《チェックメイト》んでこそねーもんの、割とピンチ目なんだよ。こういうときは長考に限る」

「下手の考え何とやら、じゃないですか？」

「そ。つまり一休み一休み。慌てんなってこと」

いって哀川さんはごろりと床に寝転がる。もう乾いているとはいえ、血の染み付いた絨毯の上で、正気の行動とは思えない。

「素直に警察に頼ればと思いますが……」

「こんな件《ハナシ》に警察が出てきてくれるわけねーだろ。登場人物はどいつもこいつもまともじゃねーし、学園そのものもアレなわけだしな。かわいそーだけどこの物語に沙《さ》咲《さき》の出番はねーよ」

「いや、どいつもこいつもって、ぼくは一般人でしょうが。巻き込まないでくださいよ。今回の件に関してだけいえば、ぼくは全くの部外者なんですよ？　こんなときのための警察でしょう。何のためにぼくは税金を払っているんですか」

「払ってんのか？　未成年なのに大変だな。けどな、いーたん。忘れてるぞ。警察ってのは基本的に株式会社だかんな。より多額の税金を払ってくださる国民の味方だぞ」

あう。そうか、この学園のバックには檻神の名と神理楽《ルール》の名が、仲良く並んで連なっているのだったか……。確かにそれを思えば、ぼくの払っている税金など雀《すずめ》の涙もいいところだった。となると、やっぱり沙咲さんとその相方の出番は、やっぱりなしか。まああの二人は、こういう事件向きの性格でないのは確かだが。

「それは納得しましたが……だからってこんなところでいつまでも」

「つーけどよ。扉修理して鍵かかるようにしたんだから、今この部屋以上に安全な場所はねーぞ。なんたって首吊高校理事長様の控え室なんだかんよ。防音防菌防弾、安全さにかけてここ以上の場所があるってのか?」

「そういう場所で、理事長は殺されたんですけどね……」

哀川さんがいう《安全》という言葉には物理的な意味だけでなく、心理的な意味も含まれているのだろう。確かに逃亡者である紫木一姫ご一行が、こともあろうか学園の中枢、それも《職員室》の真上の理事長室に潜んでいるとはお釈迦《しゃか》様でも思うまい。そういう意味ではここで待機するという策戦は《相手の裏をかいている》といえるだろう。

けれど、ぼくにいわせれば——誰かの裏をかくっていうのはそういうことじゃない。意表をついたり、奇をてらったりするだけじゃ、裏をかいたことにはならないのだ。それは単純に相手の盲点に入っただけだ。そして盲点みたいな《場所》に迂闊に入り込んでしまうと、逆に身動きが取れなくなる。逃げ場そのものに束縛されてしまうのだ。経験があるから、よくわかる。まあもっとも、こんなことは釈迦に説法もいいところだけれど。

そしてぼくにはもう一つ——檻神ノアの密室解体《ばらばら》殺人と同じくらいの割合で気になることがあるのだった。

《なんとか、「ジグザグ」が出てくる前にケリをつけられたみたいね――》

あのとき、子荻ちゃんのあの呟き――安心からか油断からか、ぼくが近くにいることも忘れて漏らしたらしいあの呟き。

《ジグザグ》――まさか新手のモビルスーツってわけでもあるまい。とすると、策師の子荻ちゃんですら封じておきたいと望むようなものが、まだこの学園内には残されているというのだろうか。

「お前ってさぁ……物事を曖昧にしとくのが好きな割に、結果は求めるんだよな」

哀川さんは鬱陶《うっとう》しそうにそういった。

「……どういう意味です？　いくら潤さんのいうことでも、それは聞き捨てなりませんね」

「お前いつか《待つのには慣れてる》とかなんとかいってたじゃん。うん、実際お前は気が長い方だ。石の上に三年座ることだって、多分できるだろーよ。けどそれは結果がわかってる場合のことだよな。先が見えないとお前は不安になる。お前は何かを待つのは得意でも、何かわからないものを待つのは苦手なんだな」

「利いた風なことをいいますね」

「知った風なことをいってるのさ。お前の基底《ルーツ》は《諦観》と《妥協》だ。だから何を諦めたらいいのかわからない、どれに阿《おもね》ればいいのかわからない、今の状況ははっきりいってきついだろうよ。けどさー、まー、あれだ。うん、頑張んなきゃいけないぜー頑張れよー」

どうやら本当に鬱陶しくなったらしく、途中からかなり適当な言い草になっていた。頑張れっていわれても、何に対して頑張ればいいのか、それがわからないのだけれど。

「喧嘩は駄目ですよー師匠も潤さんも」姫ちゃんが仲介に入ってきた。「仲良くしましょうよ。今三人の足並みが乱れちゃ駄目ですよー」

「そうだな。仲良きことは美しき哉。ま、いーたん、この部屋から出て行きたきゃ好きにしろよ。あたしは拘束するつもりも束縛するつもりもない。来る奴を拒むことはあっても去る奴を追うつもりはねーさ。けどそのときお前は自分の意志で出て行くんだから、そこから先にあたしの庇護を期待されても困るぞ」

「………」

「けどさ、いーたん。いっとくけどこの学園にいる連中ってのはな、完全に平和ボケした国の中であえて、ある者は目的を持ってある者は信念を持ってある者は選択の余地なく、危険な道に足を踏み入れた人外ばっかだぜ」

「人外、ですか」

「いーたんはここ、養成所だの訓練所だの思ってるだろうけど、実際それも正しいけれど、もう一つ役割があるぜ。むしろそっちの方が役割としては重要で、それはつまり隠れ蓑《みの》ってことだ。隠れ蓑——つまりさ。生徒っつってもそのトップの連中は、もう十分に実戦部隊だってことさ」

それじゃあ……学校どころか、立派な私兵集団じゃないか。年少の女の子の実戦部隊。いつの時代の話だ、などとはいうまい。勿論これは、現代の話だ。だけれど、しかし。

「年下の女の子だと思って甘く見てると足元すくわれる。この部屋にいる限り、お前と一姫の身の安全はこの哀川潤が保障してやっから、大人しくしとけよ。これ以上あたしを楽しませるな」

「……姫ちゃんは？」ぼくは姫ちゃんに話を振る。「何か意見……ていうか、提案はない？　地の利っていうなら、一年ちょっとここに通ってるんでしょ？」

「うー。姫ちゃんは、潤さんに任せとけば問題ないと思うですよ。姫ちゃんは半人前の落ちこぼれで、師匠はこういう事態の素人なんです。だからプロフェッショナルの意見に従うべきだと思うです」

正論だった。正論過ぎて気持ち悪い。まあ、気分爽快な正論など、生まれてこの方聞いたことがないけれど。

「ここが安全だっていうのもその通りだと思うですし。いうならここは首吊高校の中枢にして秘密墓地みたいなものですから」

「それ基地ね」確かに漢字は似ているが。「半人前ね……それだけ冷静な判断ができるならそこまで卑下することもないと思うけど」

「別に卑下じゃないですよ。変に《力》みたいなものがあったら人間は暴走してしまいがちで大変ですから。姫ちゃんくらいで丁度いいバランスなのです」

暴走——ね。

暴走は暴想に通じ暴喪へと至る。

確かに……不要に過剰な《力》——能力を持っているがばかりに狂ってしまった人間を、ぼくは数限りなく知っている。あの島にいた天才達しかり、人間失格しかり。世界そのものと匹敵するだけの力を持ちながら狂っている部分が一つもないバランスの取れた人間など——哀川さんくらいしかいない。

「非力であることは、むしろ姫ちゃんにとって自爆なんですよ」

「テロってどうする」

字面的に、正解は自慢だろう。

「バランス、か——」

——となると、このぼくはどうなのだろう。哀川さんがいうところの、《何も持っていない癖に自信たっぷり——空っぽの空洞の癖に誇り満々——そういう矛盾を抱え込んだ》存在。バランスは最悪としかいいようがないのだが。けれどぼくは狂ってはいない。いない。と思う。いないはずだ。

「いなければ、いいんだけど」

ぼくはそう呟いて、結局はいつものように「戯言なんだよ」と、思考を止めた。

2

たとえば人殺しは悪いことだという主張を持つ戯言遣いがいたとしよう。けれど彼はこう問われたときになんて答えるのだろう?
《戦場で人を殺すことの、何が悪なのか?》
《殺人鬼が人を殺すことの、何が悪なのか?》
多分そのときはこう答えるのだろう——戦場や殺人鬼といった存在《そのもの》が間違っているのだと。ではこう問われたときはどうする?
《犬が人をかみ殺すのは、悪いことか?》
《地震が人を殺すのは、悪いことか?》
犬の存在や、地震の存在が間違っていると、そのときは答えるのだろうか? まさか、そこまで行くとただの屁理屈だ。信念からくる理由と理由からくる信念とは別物でしかない。
殺さなければならない状況、殺されなければならない状態というのは、確固として揺ゆぎなく存在する。そう、人を殺す理由なんてものは、いつだって確かなものとして存在しているのだ。人を殺していけない理由はなくとも人を殺す理由はある。だから大事なことは、そんな理由を持たずにすむよう、そこそこと這《は》いずるように生き抜くことなのだろう
——そこまで考えたところで、ぼくはゆっくりと目を開けた。
あれから更に一時間後——姫ちゃんは相変わらず指を振って遊んでいて(楽しいのか?)、哀川さんは寝転んだままとうとう寝入ってしまって——そしてぼくは腰をあげた。
「あれ? 師匠、どこ行くですか?」
「……トイレ」
「わかりました。一緒に行くです」
そんな馬鹿な。
立ち上がりかける姫ちゃんを制して、「君達と別行動を取らしてもらうんだよ」と、本当のことを話

した。

「別行動……、ですか？」

「ああ。悪いけど、探偵ごっこはもう飽きた」

ぼくは軽く首をすくめるようにする。そして、哀川さんに造ってもらった三角巾をほどき、痛めた側の腕を自由にした。

「確かに哀川さんのいう通り、ぼくはこういう《先の見えない状態》が苦手らしい。新発見だよ。子荻ちゃんは《わからないことがあると不安になる》みたいなことをいってたけどね……それと似たようなものなのかな。曖昧なのは構わないけど不確定ってのは気に入らない。……確かに了見の狭い人間だね。とにかくぼくは、ここでこうしてただ待ってるのはもう限界だよ」

「そんな……」姫ちゃんが唇を尖《とが》らせて、責めるようにぼくを見上げる。「ちょ、ちょっとサムライってくださいよ、師匠」

士道不覚悟、切腹？

待ってください……なんだろうな。

「おかしーですよ。わかりきってるじゃないですか、このまま潤さんの側にいれば絶対に安全だってことくらい。学園から出るのだって、潤さんに任せてれば簡単ですよ。折角膠着《こうちゃく》している状態を、無闇に動かす必要がどこにあるですか」

「議論する気はないよ」

「いいえ、議論してもらうですよ。今師匠に勝手なことをされたら、姫ちゃんと潤さんの安全まで乱されるですよ。チームで行動してる以上、師匠の一挙一動二府四十三県が直接、姫ちゃん達の未来を左右するですから」

シリアスな場面だから突っ込みはなしだ。

「それくらいは考えている。姫ちゃん。この状況ならむしろぼくがいなくなった方がいいんだよ。いみじくも姫ちゃんがさっきいった通り。姫ちゃんは半人前で——ぼくはその半分すらない全くの素人だ。マイナス要素は切り捨てた方がいい」

「そんな考え方——」

「確かに、だ」姫ちゃんの反論を強引に押さえ込むように畳み掛ける。「そんなことは哀川さんにとって大した違いにならないかもしれない。ぼく程度のマイナス、哀川さんにとって意味はない。けれど、ね——さっきぼくは思ったんだよ。否、気付いた——否否、悟ったというべきかな。哀川さんの側にいれば安全だ。それだけでなく誇り高い気分にすらなれる。人類最強の側にいるという想いがぼくを奮い立たせる——だけどそれじゃ駄目なんだよ。ぼくは、そんな理由で、戦場を逃れたくはない」

血塗《ちまみ》れの部屋。飛び散った肉片。集められた檻神ノアの部品。床で静かに、寝息すら立てずに眠っている人類最強。そんな環境で、敗残兵の十九歳と逃亡兵の十七歳が、青臭い議論を交わす。全く、これを滑稽《こっけい》と呼ばずして何を滑稽と呼び、これを道化と評さずして何を道化と評すのか。

「それじゃあ——ぼくはただ奪ってるだけの泥棒だ。ここそこ這いずり回ってようやく生きているだけの最悪だ。哀川さんは強大だからこれくらいわけてもらっても問題ないだろう——そんな小汚い、自身で罪の意識も罰の感覚もない寄生虫だ。最近色々あったからね、うっかり忘れていたよ。ぼくがかつて、どういう生き方を選んだ人間だったのか」

ぼくは誰にも何も施さない。

だから、何も受け取らない。

ありとあらゆるものを拒絶する。それが……このぼくに残された最後の矜持《きょうじ》だったはず。

「このたびの哀川さんの仕事はきみを救出することであって……ぼくは関係ない。全然全くこれっぽちも他人事なのに、むしろ邪魔になっている。それは、とてもよくないことなんだ。ぼくは……恩を仇で返したくはない」

ぼくには何の意志もない。

だけど、意地くらい、ある。

「でも、師匠——」

「もうそんな呼称でぼくを呼ぶのはやめるんだ。ぼくは哀川さんみたいな人の友達にはなれないよ。きみにそう呼ばれるいわれもない」

一瞬傷ついたような顔をした姫ちゃんを軽く払いのけ、扉に向かう。扉の鍵は内側からなら簡単に外せる。開閉機能は電撃で壊れてしまったので、そこからは力ずくで動かさなければならないが。

哀川さんに守られて。けれどもそれは哀川さんの負担にもならず。姫ちゃんを守り。守ってるつもりになって、こちらも満たされて。手を取り合って。仲良くして、協力して。

なるほど、夢のような人間関係だ。

だからそれは、ただの夢。

夢は、所詮夢だ。

「でも、あの……ししょ」

「やめろ、といっている……なれなれしいガキだな」ぼくは振り向いて、姫ちゃんの肩に手を置いた。少しだけ、力を込めて——拒絶を示す。「ぼくに優しくしてもらえるなんて思わないでくれよ。ぼくと仲良くなろうだなんて思わないでくれ。ぼくはそういうの——気持ち悪いんだよ」

「——あ」

ぼくの言葉に、後ずさる姫ちゃん。

ほらね、簡単。

こんな簡単に、信頼は壊れる。

かくして好意は脆くも崩れ、
こうしてぼくは一人切り。

「仲良しごっこにも、もう飽きた。これはぼくにとっての逃亡なんだよ、姫ちゃん。君同様のね。もっとも、そのせいで少しは相手も混乱するだろうから——その隙に何をしようとも、それは姫ちゃんと哀川さんの勝手だ」

「どうして、……どうしてそんな、他人行儀なことをいうですか?」

「他人だからさ」

「でも、潤さんは、」

「哀川潤の足を引っ張りたくないって、ぼくが思ったんだ。たとえ枷《かせ》にすらなれていないとしても」

本当はそんなストイックなものではないけれど、それがぼくの意地。諦観と妥協の鬩《せめ》ぎ合いの末の。

ぼくのいうことがわからないかい？

ぼくの気持ちがわからないかい？

ぼくがわからないかい？

姫ちゃん。

それは、本当に素晴らしいことなんだよ。

勿論この議論は姫ちゃんが正しい。ぼくが間違っている。この上なく天井知らずに間違っている。けれど——限界だった。間違えたぼくが正しいことをするのは、ここまでが限界だった。ぼくが限界線を割っていることについては言い訳のしようもない。

そしてそもそも言い訳する気はない。

ああ、結局そういうことなのだ。

戯言遣いは、哀川潤が相手でさえ、馴れ合うことを拒絶する。

「だって、でも——」

「それじゃ、ばいばい」

姫ちゃんの言葉を最後まで聞かずに扉を閉めてしまう。うん、哀川さんならともかく、姫ちゃんのあの細腕とか細い体格では、この扉を開けることは決して叶《かな》わないだろう。たとえ哀川さんがこのあと目を覚ましたとしても、宣言通り、あの人は勝手な行動を取ったぼくを助けには来てくれないはずだ。いや、案外今だって眠っちゃいなかったのかもしれない。狸《たぬき》寝入り位の真似は、平気でやってのけるだろう。騙しはあの人の得意技だ。

ここにぼくを連れてきた、その手口同様。

「——それでもちっとも嫌いになれねえってんだから、すっげえよなあ……」

多分ぼくは、心底哀川さんのことが好きなんだろうと思う。それは思っているだけで、想いというには程遠いけれど。

「…………」

それでも。騙されていたことにようやく気付いておきながら尚、この場にのうのうとぬくぬくと留まれるほど、お人よしにはなれそうもない。

そして、姫ちゃん。紫木一姫。

下手をすればあの娘まで巻き込んでしまうということを思えば——こういう行為にも少しは意味が生じるだろう。まだ会ってから数時間しか経過していないというのに、随分とあの娘に感情移入してしまっている自分を諧謔っぽく思いながら、ぼくはそんなことを考えた。姫ちゃんと《あいつ》をダブらせているだけなのだとは、考えたくなかった。どちらにしろこれ以上、自分好みの懺悔《ざんげ》遊びに、関係のない娘を巻き込むべきじゃない。

「……では、そして戯言の終了だ」

確か一階下が職員室になっているという話だったから、極力音を立てないように気をつけて、入ってきた非常階段を目指す。幸い辺りに人はいないようで、職員棟からの脱出はすぐに終わった。さてとここはどこだろう——哀川さんについてきただけなので、現在地を全く把握できていない。どこに行けば何があるのかもわからないし、どのルートでここに来たのかもわからない。

「……ま、いいか」

適当にそぞろ歩くことにしよう。……そしてあわよくば、萩原子荻ちゃんに遭遇したい。子荻ちゃんは哀川さん曰く、《ぼくと似ている》そうだから。ぼくはそういう——自分と同類の人間に会うのが嫌いではない。何故かはわからないけれど。同類相手ならば仲良くなれるかもしれないとでも、自分のことをわかってもらえるかもしれないとでも、健気にそう思っているのだろうか。

視界は悪い。照明設備などは整っていないようだ——当然だ、学校というのは基本的に夜に活動するようにはできていない。どうやら澄百合学園——首否、今更そんな上等な名前を使う必要はない——首吊高校には夜間部はないらしい。あるいは、昼と夜ほどあるだろーよ》とのこと。《檻神ノアの趣味は人に嫌われること、人に忌まれること、人に恨まれること、人に呪われること、だったんだかんよ》。

……とんでもない人だったらしい。

「なら権力争い――て線が妥当か」

そしてその罪を逃亡者と部外者になすりつけてしまえ、と。戦略としては上々だ。敵討ちのために生徒達の士気もあがることだろうし。ぼく達につけ込む隙があるとすれば、理事長が殺されたという事実が、まだ露見していないようだということか。

ああ。だから哀川さんはあそこに留まっているのか。遅まきながらそう気付いた頃、見覚えのある校舎が、目前にあった。これは――そう、最初に姫ちゃんと待ち合わせた、《二年A組》のある、あの校舎。なんだか遠い昔のことのようにすら思えてしまうけれど。

「あ、そうだ。写真……」

構内図の方は今やどうでもいいけれど、そういえ

を区別する必要がないというだけかもしれないが。

「……けど、本当に誰もいないな……」

哀川さんがあらかた追っ払ってしまったとはいえ、それで諦めるような連中でもあるまいに。まさか門限があるってわけでもないだろうし……それに《教員側》がいつまでも静観を決め込んでいるわけもあるまい。

と――そこで、思い至る。

理事長、檻神ノアを殺した犯人――あんな真似をする人間を人間と呼べるかどうかはともかく――犯人は、一体いつ、それを行ったのだろうか。哀川さんや姫ちゃんの話を聞いていれば、今のこの事態は理事長の命令から生じているようだった。となると、少なくとも命令を下してから殺されたのだと思われる。それに血の匂い、肉の感触は、そこまで古いものじゃなかった。少なくとも一日以上の時間は経過していない。

動機――に関していえば《んなもん掃いて捨てる

ばぼくは姫ちゃんの写真も、逃げ回っているときに落としてしまっていた。それを探してみることにしようか。そちらもどうでもいいのかもしれないが——他に取り立ててやりたいことも見つからない。ここからなら正門までの道のりはかろうじて思い出せるが、そこに何の罠もないと考えるほどぼくは楽天家ではない。それにぼくはこの学園から出て行こうなんて思っちゃない。ただ単にあの部屋から出たかっただけだ。居心地の悪いあの部屋から。

　姫ちゃんには色々いったけど……多分ぼくの本音は、哀川さんのそばにいるのが息苦しかっただけなのだろう。ただそれだけの、つまらないプライド。プライドなんて、元々つまらないものだけど。

「うん……これは珍しいな……このぼくが、他人の存在をこれほどに気にするなんて」

　それだけ哀川さんが特別なのか。いや、そういうことじゃない気がする。ぼくにとって特別は一人しかいないのだし——その一人はここにはいない。ここにいるのは、あくまでそれに似ているだけの。

　校舎内に入り、階段を探し、昇る。電気はついてない。薄暗い。けれど外よりは視界がいい気がする。それは集中力の問題だと思う。さて《二年A組》はどこだったか……そこを基点にして探せば、あの写真は見つかりそうなものだが。いや、ひょっとするともう、あちらさんが回収してしまっているかな？

　姫ちゃんの写真を探しつつ、思考を理事長室の密室に戻す。扉の他に窓が二つあったが、当然そちらも施錠されていた。二重のロックで、外側からは操りようもない。人の隠れうるようなスペースは全て哀川さんが直後にチェックしたし……ん。

　そういえば不思議なことがある。要素。密室という要素については哀川さんのいう通りに意味があった。ぼくらに罪をなすり着せるという意味が。だとすればもう一つの要素……《解体《ばらばら》》に関しちゃどうなんだ？　首を天井から吊るすなんて猟奇的な真似に、何か意味があったのか？

チェーンソーを使っての肉体解体……作業自体はそれほどの手間にはならないだろうけれど、そんなこと、あえて冒す必要のある手間だとは思えない。恨みつらみによる解体作業なのか、それとも何か必然性があったのか……。首吊高校《クビツリハイスクール》だから首を吊るしましたなんて、まさかそんな単純な理解ですませるわけにもいかないだろうし。

「《解体》ね……」解体、解剖、生物工学、生態学。

「……なんだか先生を思い出すな」

思い出したくは全然ないけれど。

そんな風に、ERプログラム生だった時代の暗黒な思い出に耽り始めたとき。

「ゆらーりぃ……」

と。その人影は、ぼくの正面に現れた。

「……ゆぅらぁりぃ……」

否、それはおかしい。既に彼女はぼくの正面に現れているのだから、それを表現する代名詞が《人影》であるわけがない。はっきりと《人物》と描写するべきだ。だけれど――薄暗い中、あまりにも不気味にあまりにも不思議に、そこでゆらめいている彼女の姿を――明瞭《めいりよう》に捉えることは、ぼくの視力では、できなかった。

まるで別次元に存在しているかのごとく、膜がはっているかのように、彼女の姿は曖昧だ。

「――ぴたり」

そして彼女は動きを止める。

散切りの髪に黒衣のセーラー服姿。まるで暴漢にでも襲われた後のようにその制服はずたずたに切り裂かれているが、しかしそれは彼女一流のファッションのようだった。そしてそんな制服の袖から伸びたその両手には――

「――ああ。一応自己紹介をしておくと、あたし――西条玉藻《さいじようたまも》ちゃん。一年生ですよ」

右手にエリミネイター・00。

左手にグリフォン・ハードカスタム。

女の子が手にするにはあまりに無骨であまりに凶器な大振ナイフを、彼女——玉藻ちゃんは構えていた。両のナイフを両とも逆手持ちで、それが自然体だといわんばかりに、直立不動でぼくを見据えて動かない。靄がかかった虚《うつ》ろな存在、虚ろな瞳。

早まったな、と素直に思った。

まさか刃物が出てくるとは。今回はここまで普通じゃないのか……。天才の集まる島も連続通り魔も、ここに比べればまだまともだった。一体誰がこんな展開についてこれるというのだろう。

ていうかこの娘、服装といい装備といい、突っ込みどころ満載過ぎるのだけれど、まずどこから突っ込んでいくべきだろうか？

「きみ、下校時刻はとっくに過ぎているよ」

「それは突っ込みどころじゃありませんよう」

ダメ出しを喰らった。

どうやら一応のコミュニケーションは取れるようで、玉藻ちゃんは目を細めて笑う。それから「ゆらーり……ゆらぁりぃ」と呟きつつ、頭を軽く振った。偏頭痛《へんずつう》でもあるのか、少し苦しそうで、痛みに耐えているようにも見える。あるいはただの低血圧なのかもしれない。なんだか眠そうな顔をしているし。ぼくのそんな視線に気付いたのか、「あ」と玉藻ちゃんは姿勢を正した。

「んん？　ああ、このナイフはただの趣味……気にしないでいいです」

「あ、そう……」

嘘をついてる女の子を発見した。

「えーっと……そう。あたし、あなた達を探しててぇ……そう。あれ？　三人でいるんじゃなかったの……でせうか？　あたしに見えてないだけ？　おかしいなあ。めがねめがね……」

「…………」

大丈夫なのかこの娘。この場合、この娘が大丈夫なのかどうかがダイレクトにぼくの生死に関わってくるだけに、本気で心配だった。何かこう、クールというかヒップというか、背中に羽でも生えていそうな感じの女の子だ。

「あー。えーっと……」ふらふらと頭を振って。「まあいいや。とりあえず二、三刀刺してから考えよう」

「間違ってるよ、きみ」

年長者の親切な忠告に耳を貸すこともなく、玉藻ちゃんは二つの刃物を小振りな胸の前で交差させるように構えた。

「じゃきーん。……えへへ」

玉藻ちゃんはにやけたような薄笑いを浮かべて、頬《ほお》を赤くする。照れているらしい。しかしその照れ笑いは刃物の反射とあいまって恐怖の対象にしかなりえない。

両手にナイフを構えている——それはそれ自体では脅威ではない。そんなことをすれば腕の動き、攻撃パターンはかなり制限されるし、防御行動にも支障を来たす。剣道だってよほど腕の立つものでない限り二刀流には手を出さない。けれどそれは逆にいえば、腕の立つ者なら——二刀を自在に操れるということ。

つまり二者択一《オールオアナッシング》——素人か玄人か。そしてこの首吊高校に、素人の生徒などいるわけもない。

「玉藻ちゃん、ちょっと——」

「命乞いはきいたげないです——えーと、面倒だから」ふらふらとした足取りで、少しずつ近付いてくる玉藻ちゃん。「それから、初対面なのにちゃん付けで呼ばないでくださいよう。……ずたずたの八つ裂きにしちゃいますよ」

ずたずたの——八つ裂きに。

理事長のように、か?

理事長のように——《ジグザグ》に?

「ちょっと待って——質問だ。これは子荻ちゃんの策戦、彼女の差配なのか?」

「違いますよう……子荻先輩は何か企んでるみたいでした……あたしはそういうの、苦手だから、勝手にきちゃいました」

えへ、と玉藻ちゃんは笑窪《えくぼ》を作る。笑顔が可愛いのはいいのだけれど、できれば団体行動を貫いて欲しかった。協調性を教えていないのか、この学園。もっと馴れ合いを学んでくれ、玉藻ちゃん。学校ってのは馴れ合いを学ぶための場所だろう。

「それじゃ、玉藻ちゃんいきまぁす……ゆらあ……りぃ……い！」

そしてその緩慢《かんまん》な動作から一転、玉藻ちゃんはぼくに飛び掛ってきた。左右のナイフが交錯気味にぼくの首を狙ってくる。

いかん、この娘、本気でマジに真剣だ。

勿論相手してられるわけもない、ぼくは反転して、一目散に逃げる。

「あー。……逃げちゃ駄目ですよぅ」

そんなことを呟いてから、玉藻ちゃんはぼくの後ろを、ナイフを逆手に構えたままで追ってきた。小柄な女の子だから振り切れるかと思っていたけれど——それは甘かった。ぼくの足は遅くないが玉藻ちゃんは速過ぎる。さながら口避け女か肘子さんにでも追われている気分だ。畜生、あのとき姫ちゃんを抱えて二人を振り切れたのは、ただ単に相手がよかっただけか。つまり戦場《ゲーム》のレベルがアップしてしまったわけだ。ぐんぐんと距離を詰めてきて、そしてあろうことか、玉藻ちゃんはグリフォンの方をぼくの頭部目掛けて投擲《とうてき》してきた。

「う——うぉ！」

すっ転ぶように、ぎりぎりでそれをかわす。冗談じゃない。どう考えても投擲用じゃないあのナイフを、まるで手裏剣のように投げやがった。どんな腕力しているんだ、この娘。

いや、そもそも、あんな細い腕であんな大振のナイフを操ることから異常なんだ。この学園に論理は存在しないのか？

そしてうつ伏せに倒れ廊下の床と抱擁を交わしたぼくの背中に玉藻ちゃんはとすんと腰を落ち着け、

残ったナイフ、エリミネイターをぼくの喉元《のどもと》につきつけた。そのまま横に引けば、頸動脈《けいどうみゃく》は無事ですまないだろう。

「……こういうとき、なんていうんでしたっけ……。詰《チェックメイト》み？　ううん、違うな。あなた王《キング》って感じじゃないですからね。じゃあ……桂の高飛び歩の餌食？」

ぼくは桂馬かよ。

また中途半端なチョイスだ。

「じゃ、今からぁあたし、あなたに質問しますから……なるたけ正直に答えてください。あたしは別にどっちでもいいんですけど、あなたが正直であればあるほど、寿命が伸びる仕組みです」

玉藻ちゃんはもの凄くだるそうな口調でいう。喋るのがかったるいというより、生きていること自体がかったるいとでもいうような、そんな投げやりな態度だった。

「えーと……。ゆらーりぃ。赤き征裁《オーバーキルドレッド》と紫木先輩はぁ……どこにいるんですか？　実は今、とっても探しているんです」

「……その前にこっちから質問」

「えー？　駄目ですよう。あたしが質問してるのに」玉藻ちゃんは頬を膨らませた。「あー。でもいいです。特別許可ー。面倒だから」

どうやら玉藻ちゃん、会話するのが苦手らしい。議論になりそうになると、相手に譲って自分は楽をしたがるようだった。押しに弱いというのは年少の女の子としてあまり感心できない性格だけど、この場合は好都合だ。

「……《ジグザグ》ってのはきみのこと？」

「えぇ？　何いってんですか、違いますよ」

さも心外だといわんばかりに、玉藻ちゃんは首を振った。

違う……のか。けれど、違うのだとしたら。

「あなたひょっとしてぁあまり事情を知らないっすね。学園の事情も何もかも知らずに赤い人に巻き込まれた感じですか？　《ジグザグ》を知らないなんて……事前に調べたり、聞い」

　途中で喋るのに疲れたらしく、玉藻ちゃんはそこで言葉を切る。それから「ゆらり」と呟いて、「たりしていないんですか？」と台詞を言い終えた。

「生憎《あいにく》、ヤバそうなことに対しては深入りも深追いもしない主義でね」

「そう。じゃ、あたしからの質問だけど……あなたの目的って、なんなんです？」

　てっきり再度、姫ちゃんや哀川さんのことを訊かれると思っていたところだっただけに、玉藻ちゃんのその質問は意外だった。

「目的……それは」

「紫木先輩を助けること、じゃないですよねえ。赤き征裁《オーバーキルドレッド》のお手伝い、でもないです。……あのですね。あたしだって、それにさっき名前が出た萩原先輩だって、みんなここでこうしているのには理由があるんですよ」

「…………」

「でもあなたに、それに匹敵するような理由があるんですか？　あたし達がこんな学園でこんなことをしていることに対して、正面から構えられるだけの理由があるんですか？　あるんだったら教えてくださいよう」

「……玉藻ちゃん」

「ただ単に否定して、異常だとか非現実的だとか、そういうことをいうのは卑怯です。そんな簡単に、他人を否定しないでくださいよう」玉藻ちゃんは感情のない口調でいう。「それとも、自分の常識と価値観に、そんなに愛着を持っているんですか？」

　それは、ぼくにとって。

　この学園はおかしいけれど――それを否定できるほどに、ぼくには何かがあるのだろうか？　おかしくない何かを持っているのだろうか？

「ああ、もういいや、面倒だし」

　玉藻ちゃんはナイフを順手に構えなおした。

「死んどいてくださいなんとなく」

刃が皮膚と摩擦を起こす——

「————！」

死。

酷く冷静だった。酷く冷静な気分で、ぼくは落胆していた。こんな簡単に、こんな状況で死んでしまうのか……。もっと、とんでもない、一心不乱の一大悲劇で、ぼくは誰かに殺されるものだと思っていたのに。こんなどうでもいい脇役みたいな、崩れたビルの下敷きになって死ぬようなそんな殺され方で——否。

それこそ、逆に相応しいのかもしれないが。ぼくのような矮小《わいしょう》な虫けらの終わりには。つまらない人生を一瞬だけ回想しようかと思ったけれど、けれどそんな想いも無残に霧散していって——

玖渚友《とも》。玖渚友だけが想いに残る。

ああ、友に、会いたいな……

友に、謝りたいなあ。


「————」

そのとき、廊下に足音が響いた。

駆けてくるような、小走りの足音が。

「…………師匠——————………師匠——！」

そんな呼びかけと共に。

ぎょっとしたように玉藻ちゃんは驚いて、そちらの方向を見る。

「ゆかりき、せんぱ——」

手が——刃物から離れた。

ぼくは姫ちゃんを視認することもせず、背筋力と腕力で玉藻ちゃんを撥ね上げ、そして振り向きざまに左ひじを思い切り鳩尾に食らわせる。女の子だとか年下だとか、そういった点に関して考慮している余裕はなかった。

玉藻ちゃんはそのまま廊下の壁に激突——気を失った。否、意識あるときから既に気を失っているような娘だったので、なんともいえないけれど、とりあえずは動かなくなった。

首に触れてみると――流血している。

正しく、首の皮一枚。

「師匠ー！」背後から、そんな台詞《せりふ》。「やっと追いついたですよー」

「………………姫ちゃん」ぼくは振り返り、そしてようやく、姫ちゃんの姿を視認する。「なんできみが、ここにいるわけ？」

「あ、すいません」姫ちゃんは息切れ混じりに答える。「あの扉、姫ちゃんじゃどうしてもあかなかったですから遅れちゃったですよ。結局扉はあかなかったので通風孔通ってきたです。天井にあった換気扇回ってるとこです。あれ内側からだと外せるですよ。うふふ、師匠には無理でしょうけれど、姫ちゃん小柄だから、あそこから脱出できたですよ」

そんな苦労話は聞いていない。大体換気扇なんかあったか？　天井から吊られていた首のインパクトが強過ぎて気付けなかったのか。迂闊《うかつ》だった。いやそれよりも。

「……哀川さんは？　一緒じゃないの？」

「うー」姫ちゃんは動物のように唸る。「あれからすぐ潤さんを起こしたですけど。《勝手にしたい奴は勝手にやらせとけ》だそうでして動いてくれないです。扉を開けてもくれませんでした。仕方ないので一人できたですよ」

「きたですよって、姫ちゃん……」

「師匠は間違ってるです」

きっぱりと、姫ちゃんは言い切った。

言い切って、ぼくを真っ直ぐに見据える。

「さっきは言い負かされましたけど、あれ、間違ってます。足を引っ張りたくないから一緒にいれないなんてのは、そんなのはただの臆病です」

「手厳しいね。けど否定はしないさ。臆病怯懦《きょうだ》大いに結構。なんだかわからない結果に至ってしまうよりはそっちの方がずっとマシだ。ずっと健全だよ。何度もいってるようにぼくは逃げることしか考えてない。敵からも、味方からもね」

皮肉な話なんだろう。あの性悪占い師とあれほど反目したこのぼくこそが、何よりも明確な未来への視界《ヴィジョン》を求めているだなんて。

「《先》のことを思えるなんて余裕がある証拠ですっ！」姫ちゃんは何故か、本当に何故かわからないけど、ムキになって怒鳴る。「今必死に生きてるんだったらそんなこと考える暇なんかないはずです！　師匠、いっちゃやなんですけど、ただ単に怠《なま》けてるだけじゃないですか？」

「…………いってくれるじゃない、姫ちゃん」

自分の声が。上ずっているのがわかる。

「きみに——ぼくの何がわかるんだい？　怠けざるをえない人間の、何がわかる？」

「少なくとも言い訳ばっかしてる戯言遣いだってことはわかるですよ。師匠なんだかんだいって、ただ単に潤さんのそばにいるのが怖いだけなんです」姫ちゃんは殊更、挑発するような口調だった。少し意地の悪い、ぼくを揶揄するような調子を含んでいる。「潤さんみたいに《巨大》な存在のそばにいると自分が矮小に思えてきて、それが居心地が悪いだけなんですよ」

「ちょ——待てよ。いくらなんでもそこまでいわれる憶えはないぞ。ぼくは——」

図星を言い当てられて、ぼくはらしくもなく姫ちゃんにつかみかかりそうになる。それはギリギリのところで堪《こら》えたけれど、それは本当にギリギリだった。もしも姫ちゃんが《あいつ》に似ていなければ、ぼくを止めるものは何もなかっただろう。

たとえば変わらない終わらない壊れない死線の青色。たとえば世界の解答にもっとも近付いた七愚人。たとえば差別と軽蔑《けいべつ》を振りまいた画家。たとえば見えないものしか見えない超越者。

そして——人類最強の請負人。

「——それの何が悪い？」

いつか役立たずだと思われて。

どこかで矮小さがバレてしまって。

見捨てられることを恐れて何が悪い？

裏切られることを恐れて何が悪い？

「信頼は悲しいよ。信頼はすごく悲しい。人は一人で生きるんだ。信頼すればするほど、裏切りの衝撃は大きい。壊れて崩れて二度と元には戻らない」

「それでも一人は寂しいです」

「それでも一人で生きるんだよ。一人で生きられないってんなら、死んでしまった方がいい。大体寂しいから群れるってんなら、信頼し合える相手が多ければ多いほど、そいつは寂しがり屋ってことだろ。一人で生きている人間は哀れで惨《みじ》めで貧しく醜《みにく》く不《ふ》憫《びん》で孤独で——そして何より尊いものだ」

いうなら首を絞められた彼女のように。

「それを寂しいなんて言葉で濁すのは冒瀆《ぼうとく》だよ」

「じゃあ師匠は寂しくないですか？」

姫ちゃんはいった。

「寂しくないから、一人ですか？」

「…………」

「姫ちゃんは、ずっと、寂しかったですよ」

ああ——だから。

そんな瞳で、ぼくを見ないでくれ。

純真。純粋。純然。好意。想意。真意。

今更——このぼくに。こんなぼくに。

罪滅ぼしなんてできるわけがないだろう？

逃げたい。逃げたい。逃げたい。

逃走。逃亡。逃避。逃散。

そう、あのときと同様に——

「——何度同じことを繰り返す気だ、ぼくは」

あまりの戯言加減に——笑ってしまいそうになる。笑顔なんて、知らない癖に。

ああ……なるほど。

姫ちゃんは、あいつに似ているんじゃない。

昔のあいつに、似ているんだ。

だから、ぼくはこんなにも揺さぶられている。

理事長室から離れたかった理由は、それだったか。

「なんて……戯言」

けれど。同じ轍《てつ》を二度踏まない程度には、まだこのぼくは人間のようだった。

「え……——師匠？」

「…… いや。ぼくの負けだって、そういったんだよ。そうだな、姫ちゃんのいう通りだ。少なくとも今は我儘いってられる状況じゃなかったね。ごめんごめん。この議論はぼくの負けだ……哀川さんは、まだ理事長室にいるわけ？」

「あ、は、はい！」

ぼくが折れたのを見て、姫ちゃんがぱあぁ、と表情を輝かす。本当に嬉しそうな、そんな笑みだった。向けられた側が戸惑ってしまう、そんな無防備な笑顔。全く——罪悪感なんて、とっくの昔に破綻し、だから放棄したはずなのに。

なのに、どうしてこうも。

どうしてこうも、ぼくは往生際が悪いのだろう。

全てを本当に拒絶できたなら、そんな幸せなことはないのに。

自殺できれば、それが一番いいのに。

「あ、でも潤さんのことだから、ひょっとすると怒って一人で帰っちゃったかも……」

「あー……ありそうな話だね」

「それより、この娘ですけど」

姫ちゃんは気絶してる玉藻ちゃんにと、用心深く近付いていく。

「ああ。なんかヤバい娘だったよ。あ、まだお礼いってなかったね。姫ちゃんが追ってきてくれたお陰でその娘、隙ができたんだ」

「どういたましてですよ」いいつつ、玉藻ちゃんの制服をまさぐる姫ちゃん。何をしているのだろう。変な趣味でなければいいが。「……あ。やっぱ無線、持ってるですね」

携帯電話……に似ているけれど、操作するボタンの数があまりに少ない。仲間内で使用する簡易の無線のようだ。掌《てのひら》サイズで扱いやすそう……だけれどそれがどうしたのだろう。

「だからですね、西条ちゃん、気絶する前に誰かに……萩原さんとかに連絡取った可能性があるってことです」

「そりゃまずいな……」

つまり、ここも安全じゃないということか。かといって、階下に行くにしても、階段は危険だ。鉢《はち》合わせになるかもしれない。ヤバい。割と追い詰められている……袋のねずみとはいわないまでも、袋小路くらいではありそうだ。

姫ちゃんは「うーん」と考え込むようにし、やがて「しょーがないですね、奥の手です」と肩からぶら提《さ》げていたポシェットを開けた。

「そういや気になってたけど、そのポシェット、何が入ってるの？」

「色々。首吊高校七つ道具って奴ですね。七つもありませんですが」

そして姫ちゃんは「じゃーん」とリールのようなものをいくつか取り出した。裁縫に使うものにしてはやや大きいが、釣具のそれでは絶対にない。糸《ライン》がぎりぎりの量にまで巻かれている。否……糸《ライン》じゃないのか……？

「なにそれ……？」

「糸《ライン》であってるですよ。まあ、いうならテグスとかワイヤーとかストリングとかですね」姫ちゃんはポシェットから次々とリールを取り出す。「ワイヤーは白銀製とチタン製とがあるです。それぞれ化学的に処理を施してありまして、めいっぱい強化してるです。こっちは各種繊維ですね。ケブラーとかアラミドとかカーボンとか、色々あるですよ」

ケブラーだけは聞いたことがある。確か防弾チョッキとかに使われている素材だ。糸とはいってもそんじょそこらのものとは強度が比べ物にならないという。

「その他、宇宙事業や軍事産業なんかにも幅広く使われてるですよ」

いいながら姫ちゃんは廊下の窓を開け、それから反対側の教室の窓を開け、そしてあちらこちらにそれらの糸を巻きつけ始める。リールにまとまっている状態だとかろうじて見えていたが、糸はそうやって一本一本にすると本当に細く、この薄暗い視界の中ではかなり目をこらさないと視認できない。触れればそれで切れそうな、蜘蛛の糸みたいな感じだ。試しに触れてみようとしたところを姫ちゃんに「あ、駄目ですよ」と止められた。

「下手な触り方したら指が切れちゃいますよ」

触れれば切れるのはぼくの方か。

「ふうん……、あ、これはピアノ線だね。糸っても、色々と種類があるんだな。……で、姫ちゃん、これ、何してるの？」

「ロープを造ってるです。窓枠だけじゃ二人分の体重は支えきれないでしょうから、今、色々計算して体重がうまく分散するようにしてるですよ」

「……ちょっと待て。それってさ……」ぼくは一旦言葉を区切る。「ここからラペリングで一階まで降りましょうってこと？」

「ですですよ」

「……冗談」

「大丈夫でっっっすよ！」促音を三倍分ためて、姫ちゃんはどんと胸を張った。「師匠、ここは姫ちゃんに騙《だま》されたと思って諦めてください！」

「それじゃただ騙されてるだけだよ……」

一回いって、

「それじゃあただ騙されてるだけだ！」

二回いった。

逃げりゃよかった。

少しだけ素直にそう思った。

第五幕――裏《うら》切《ぎり》再《さい》繰《くる》

0

信用できるかどうかは問題ではない。
問題は、裏切らないかどうかだ。

1

結論からいえば、姫ちゃんを抱えてのラペリングには成功した。ERプログラム時代にそれの経験はあったし（そのときは五十キロのリュックをかついでいた）、各種糸類をより合わせて作った即興ロープはぼくが思っていたよりもずっと頑丈だった。脱臼した側の腕をかばいながらだったので時間はかかったけれど、怪我をしなかっただけ、それに中途で誰かに襲われなかっただけ、成功の部類だろう。地面に降り立って、姫ちゃんはそれら使用した糸を巻き取ろうとしていたが、それには失敗したようだ。用心深く巻きつけ過ぎたとのこと。

「色々便利なんですよこういう糸《ワイヤー》って。今みたいにロープ代わりにも使えるですし罠《トラップ》みたいなのを作ることもできるですし」

「ふうん…… 罠《トラップ》ね」

そういえば、奇術師なんかがこの手の糸をよく使っているという話を聞いたことがある。糸遣いというか、ワイヤー遣いというのか。必殺仕事人ではないけれど、武器としての使用も可能だろう。あれは三味線の糸だったっけ。よく知らないけれど。

「糸《ワイヤー》――そうか、糸《ストリング》ね。ねえ姫ちゃん」

「はいです？」

「こういう糸をうまく使えば、理事長室のあの密室、成立させることができないかな？」

ふうん？　と姫ちゃんは首を傾げる。

「針と糸の密室ってことですか？」

「その応用かな。密室っても、物理的に精緻な密室ってわけじゃないだろう。必ずどこかに隙間があるはずだ。なら部屋に入らなくても、鍵がかかっていても、糸を操作するだけで成立する可能性がある。姫ちゃんが通ったっていう通風孔でもいいし。とにかく、こういう糸を部屋の中にいる理事長の身体に巻きつけて、そして引っ張る。そうして輪切り状態の理事長が一丁上がり……ってどう？」

「無理ですよ。そんなの」

「いやいや、やってみないとわからないぜ」

「わかるですよ。師匠、前向きに考えるとこ間違ってるです」糸の回収を諦めて、姫ちゃんはぼくの側に寄って来る。「まずですね。じゃあどうやって犯人さんは理事長の首を天井から吊るしたんです？　あんなの部屋に入らないと無理じゃないですか」

「あ、そうか……」

「そもそも理事長の身体に糸巻きつけたりするためには、結局一旦部屋の中入らなくちゃ駄目じゃないですか」

「そうだね……、いや、ちょっと待ってよ。通風孔があるってんなら、そもそも密室じゃないよ。そこから入ってそこから出て行けば……」

「入れないですよ。いったですよ？　換気扇は天井に螺子《ねじ》で固定されてたですから入ってくることはできないですし、出て行くときに元の状態へと戻せないです。入るときは招かれて入ったとしても、出るときに鍵を締めることは、窓からでも通風孔からでも扉からでも、できないですよ。それくらい、潤さんがちゃんとチェック入れてるですよ。気付いてなかったですか？」

「うーん……」

気付いてなかった。

とにかく通風孔は駄目ってことか。入り口の掌紋錠は間違いなく鉄壁だし（あの哀川さんでさえ暴力に訴えなければ開けられなかった）、となると窓か、その通風孔くらいしか突破口はないのだけれど。

「それにですね。確かにこんな感じの糸を上手に使えば人間をバラバラに断割することくらいできるですけど、でもそれならもっと綺麗な切り口になるですよ。あんなずたずたの切り口にはならないです」

　ああ。そうだ、凶器はチェーンソーだったか。哀川さんがそう判断した以上、それは多分それで正しいのだろうと思う。請負人、哀川潤。今までに見た死体の数は、ぼくなんかとは桁違いに違いない。

「チェーンソーねえ……ん。あれ。ちょっと姫ちゃん。ぼく、割と冗談半分でいったんだけど、……できるの？　その糸で、人間をバラバラにっていうか……切ったり、刻んだり」

「ええ。糸鋸《いとのこ》の要領ですけど。触れたら切れるっていったですよね？　基本的にはその理屈です。破断力っていうのは、如何に最小の面積に如何に最速の速さで如何に最短の時間に、力を加えるかってことですから。こんな細い糸だからこそ、人間の肉体くらいなら解体できる暴力は有しているですよ」

「はあん。紙で指を切るのと理屈は一緒か」

「武器として使うならワイヤーソーとかいうですね。授業で習いました。糸刀、鋼糸、硬糸、とか。いわゆる暗器ですね。素人でもちゃんと手順を踏めば指くらい切断できるですし、熟練した使い手ならビニールテープで人間を輪切りにすることも可能だそうですよ」

「まるで哀川さん好みの漫画だね。でもそんな面倒臭いことするよりもナイフでぶっ刺した方が速いって気がしない？　玉藻ちゃんじゃないけどさ」

「そうですね。けどナイフなんかとは違って応用が利くってとこがあるですよ。滑車の原理であちこちに糸を絡ませれば多角的な攻撃ができるですよ。それこそ蜘蛛《くも》の糸、蜘蛛の巣ですよね。昔からある結構本格的な戦闘技術ですよ。使用する糸を曲絃糸、その宿主を曲絃師、なんていうです」

　曲絃師、ね。随分とまあ、よく聞く言葉だ。

「いまどき本格的とか真髄とか頭につくの、ロクなもんがないぜ。ったく……昔の奴はよくわからんことを考えるよな」

殺し合いが日常だった時代のことだから仕方ないのかもしれないが、何も糸みたいなものを凶器にしなくともいいだろう。

「ですね。そもそもそんな道芸チックなSF技術を持つ人なんて、現代じゃほとんどいないですけどね。一夕じゃとても習得できない、一種の伝説《ファンタジー》です。師匠のいう通りナイフで刺した方が速いです」

だから普通は今みたいに安全のために使うのが用途ですね、と姫ちゃんはいい、そして例の動作、くいっと指をあげてついっと降ろす。

「ほとんどいないってことは――少しはいるってことなのかな?」

「ですね。この学園にもいるですよ。ええ――《病蜘蛛《ジグザグ》》なんて呼ばれてるですけど」

「《病蜘蛛《ジグザグ》》……ね」

「ええ。三年生で、名前は市井遊馬《しせいゆま》っていうです。もっとも今や誰も本名じゃ呼ばないですけどね。萩原さんと並んでこの学園のトップです。勿論《ジグザグ》の使う糸はこんなんじゃなくてもっともっと、それはそれは本格的な奴ですけどね」

「曲絃ねえ……けどなんか、いまいちリアリティのない話だな。大丈夫なのか? そんなのが登場して」

「名探偵やら密室やらよりはまだリアリティあると思うですけどね。少なくとも歴史上に実在するわけですから」

「ギリギリな発言だよね……」

「デメリット表示って奴ですか」

そういって姫ちゃんはポシェットの中にリールをしまう。「やあん、もつれちゃったですよ」などと騒いでいる。けれどそんな騒ぎとは関係ないところで、ぼくは一抹《いちまつ》の不安を憶えてしまった。

もしもその《ジグザグ》、市井遊馬というのが――萩原子荻や西条玉藻ですら一目置いているその存在が敵として現れたとき、ぼくはこの、何事においても不器用そうな娘を守り抜くことができるのだろうか？　それは仮定ではなく、《ジグザグ》は姫ちゃんがこの学園から出ようという以上、きっと避けては通れない名前なのだろうと思う。

　決断が迫られる。どうするべきか。哀川さんのところに戻るのが一番なのだろうけれど——人類最強がいれば、《ジグザグ》など何するものぞ——しかしその哀川さんが、まだ理事長室にいるかどうかはわからない。ならばぼくと姫ちゃんだけで脱出を試みるか？《策師》萩原子荻の目を盗んで？

「難しい問題だな……」

　けれど後から思えば、そんなことは問題とはいえないくらいの些細《ささい》だった。

　そんな些細に気を取られて——ぼくは、市井遊馬《ジグザグ》の名前を口にしたときの姫ちゃんの表情を見逃してしまっていた。

　まるで、それこそ自分の誇る《師》についてでも語っているかのような、けれどもどこか諦めの混じったような、矛盾と撞着《どうちゃく》が入り混じったその表情をしっかりと見ておけば、あるいは、何かが変わったかもしれないのに。市井遊馬と姫ちゃんとの関係を、少しでも想像することができたかもしれなかったのに。

　それは後からでは取り返しのつかない、——失策だった。

「《ジグザグ》……何にせよ難儀な話だよね」

「ですよ。正直な話、潤さんがいないときは逃げるしかないと思うですけど。《ジグザグ》はいつでも両手に手袋はめてますから、すぐにわかります。曲絃師って手袋はめてないと、自分の指の方が切れちゃいますからね」

「なるほど。目印はあるわけだ」

　手袋。それに注意しておけばいいのか。

「ああ、トップといえば、さっきの娘——西条玉藻ちゃんですけど。首吊高校一年生の中でいっとうの武闘派で、《闇突》と恐れられる過激派なんです」

「とてもそうは思えなかったけど……」

「見かけで判断しちゃ駄目です。西条ちゃん、姫ちゃんなんかとは違って学園期待のホープだったですよ。さっきのなんて、師匠にとんでもない幸運が重なっただけです」

「幸運……ね」

確かに紙一重だった。姫ちゃんが来てくれなかったら、それに、その後の反撃がああもうまく決まらなければ。

けれどひょっとして、あれでぼく、玉藻ちゃんから恨みを買ったんじゃないだろうか、とも思う。それは考えるだけで身体の冷える話だった。正直、あいう何を考えているのかわからないタイプは、策師よりもずっと、ぼくとの相性が悪い。

「そんな玉藻ちゃんが、普通ならこの程度の任務に出てくるわけがないです。なのになんで参加してるかっていえば、それは多分潤さんがいるからで……萩原さんの策戦、だと思うです」

戦場《ゲーム》のレベルアップ。

「《ジグザグ》抜きにしても、潤さん用に立てられた策戦に姫ちゃんと師匠じゃ、太刀打ちできるわけがないですよ。潤さんがこの学園から出ていっちゃわない内に、生き物狂いで合流するべきです」

動物マニア？

「それ、死に物狂いね。けど二手に分かれるってのは、悪い策戦じゃないんだよな――ぼくの側に姫ちゃんがいるのだって、相手の裏をかいているといえば、そうなんだし」

「でも、危険が危な過ぎますよ」

「そうだね。それこそ下手の考え休むに似たりだ。ここは本職に頼らせてもらおう……」

そういって校舎から少し離れたところまで歩いたところで、校舎内と違い周囲が見通せ人の隠れうる場所が少なくなったから余裕が生じたのか、ぼくはようやく気付く。今姫ちゃんは当たり前のようにいったけれど——そしてぼくも当たり前のように思っていたけれど——今、哀川さんに対して策戦を立てているのが子荻ちゃんだとして、子荻ちゃんは理事長の死を知っているのだろうか？　子荻ちゃんは策師、参謀だ。あくまでスタッフであってトップではない。理事長に対して定期的に連絡を取らなくてはならないはずなんだ。直接でなくとも、《職員室》を経由するとしても——子荻ちゃんや他の生徒達がその事実に気付いていないはずがないのだ。

気付いていないとするなら——誰かが隠匿《いんとく》している。しているとすれば、それは《犯人》しかありえない。都合のいいように絵を描いている人間が——この学園の中に混じっている。権力争いだとするなら《職員室》の誰かか……あるいは。

あるいは、生徒の中に。いるとすれば。

誰が、それを行うに一番適任か？

「……姫ちゃん。子荻ちゃんて、どんな娘？」

「は？　なんです、藪《やぶ》から蛇《へび》に」

「……。いや、少し興味が湧いてね。ほら、敵を知り己《おのれ》を知れば百戦して殆《あや》うからずって孟子もいってるだろ」

「孫子ですよ」

姫ちゃんに訂正されてしまった。

「師匠って意外と学がないですねー」

しかも追い討ち。

「何をいうんだ。フェルマの大定理ってあるだろ？あれ解いたの、実はぼくなんだぜ」

「そ、そうだったですか！　そうとは露《つゆ》知らず失礼なことをっ！　ははー！」

「…………」

信じられてしまった。

「……とにかく、子荻ちゃんの詳しいデータを訊きたいんだ。知ってる限り、教えてくれる？」

「えーとですね。そうですね、厳しい人ですよ。辛《しん》辣《らつ》ていうですか。そうでもないと策師なんて務まらないでしょうけれど、それでも常軌を逸してる感じです。その辺は理事長のやり方と似通ってるところがあるですね」

「目的のためには手段を選ばないって？」

「いえ、萩原さん本人は目的すら立てないです。いわれたことを達成するのに一番効率のいい手段を選ぶ。それだけです。萩原さんに自分の意志なんてないですよ」

「……そっか。策師が自分で目的持っちゃ駄目だよね。将棋の駒がそれぞれ勝手に意志を持っちゃ、やりにくい」

「そういう意味では萩原さん、策師が適任というより、策師以外に適任がないんですよねー」

　ふうん。哀川さんのいう通り、似ている——といえば、やはり似ているのか。本人自体には何もないという点において、このぼくと子荻ちゃんとは同一だ。ただし彼女は、ぼくよりも更に選択肢の幅が狭いようだった。それは彼女のせいではなく、こんな学園に閉じ込められているからだろうけれど。

　組織に属している者と組織に属せない者との差異。そうなってくると——俄然《がぜん》興味が湧いてきた。理事長殺害の容疑も込めて。

「あ、でも策師だからって油断しちゃ駄目ですよ。萩原さんに限らずこの学園の生徒は、それなりの護身術を身につけてますから」

「ああ、身をもって知ってる」

「萩原さんについて特筆すべきは剣道ですね。剣道二段なんです」

「二段？　この学校にしちゃ普通だね」

「いえいえ剣道だったら二段で十分侮れませんよ。古くより剣道サンバルカンといってですね」

　いわねえよ。

　萩原子荻——西条玉藻、それに市井遊馬か。しかし右文から左武まで揃いも揃って頗《すこぶ》るつきの際物揃いだ。——前途は思いっ切り多難。救いがあるとするなら、闇突やジグザグといった直接攻撃型の生徒は、そういう人間にありがちなことに策戦性に欠けているとくらいだろう。

「けど、子荻ちゃんにしろ玉藻ちゃんにしろ――こんな変な学校で会うんじゃなきゃ、面白い娘達なんだけどね」

　特に子荻ちゃんは、割と好みだし。

「師匠は敵に甘いんですね。そういうの、敵に塩を塗り込むっていうですよ」

「とどめじゃねえかよ」ぼくは首を振る。「けどさ、なんだかんだいっても、子荻ちゃんも玉藻ちゃんも遊馬ちゃんも、みんな同じ人間なんだから」

「みんな違う人間なんですよ」

　姫ちゃんは珍しく、そんな後ろ向きな台詞を口にした。勿論、表情はあの陰鬱な奴だ。

　ぼくは改めて、姫ちゃんを見遣る。元々、ことの始まりは姫ちゃんがこの学園を辞めたい、逃げ出したいというところなのだけれど――しかしいくらなんでも、ただの《機密保持》程度の理由でここまで執拗《しつよう》に脱出を阻む必要があるのだろうか？

　姫ちゃんは自身を落ちこぼれだといい、ぼくもそれを信じ、哀川さんも否定していないけれど――考えてみれば人類最強の友達としての紫木一姫が、《何者でもない落ちこぼれ》なんてことがありうるのだろうか。

　全くのあてずっぽうだけれど、姫ちゃんがこうも執拗に脱出を阻まれているのにはもっと別の理由があるのかもしれない。たとえば、姫ちゃんは何らかの特殊技能、変質能力を持っている、とか……。ゆえに、理事長は姫ちゃんを手放したくなかったのだ、とか……。

　それは西条玉藻のような《闇突》なのかもしれないし、市井遊馬のような《ジグザグ》なのかもしれない。けれど今までの戦歴から見て姫ちゃんは直接攻撃型の技を持っているわけではないだろう――それならああも容易く《策師》の柵に囚《とら》われるわけもない。しかしその萩原子荻のように策謀や参謀に秀でているかといえば、それもない。はっきりいって、ぼくを追いかけてきた姫ちゃんの行動は無謀無策の一言に尽きる。

なんだかかみ合わない感じだ。七色のルービックキューブでもやっているような感じ。パズルのピースが多過ぎて逆に完成しない。多過ぎる証拠、莫大な手がかり。

このあまりにも非現実的《アンリアリスティック》な学園にとって姫ちゃんが何らかの意味を持っているのだとしたら――それは技術的なものでも知能的なものでもなく、もっとメンタルな心技《うらわざ》なのかもしれない。それこそ《策師》や《闇突》、そして《ジグザグ》にも匹敵しうるような。

「……ふむ」

では、もしもこの先、哀川さんと合流することに失敗し、萩原子荻や市井遊馬、西条玉藻などの手によって行く手を阻まれ危機に陥ったとして、そのぎりぎりで柴木一姫が隠された秘密の能力を発揮してくれ、ピンチを逃れて大団円という展開はどうだろう。

「実は姫ちゃん、えすぱーだったんです！」

「な、なぬーっ！　こいつはマジで驚きだっ！　これでパーフェクト助かったぜい！」

「でもこの能力はコントロールが不完全で……ああ、師匠っ！」

「なんじゃこりゃー！　ぼくの右手がハンニバル！　靴紐から緑色のオーラが燦然《さんぜん》とっ！」

…………。

ぼくに小説家の才能はなさそうだった。

妄想力すらない根暗って、しかし生きてる意味とかあるのだろうか。

閑話休題、とにかく、多分、哀川さんはまだぼくに何か隠している。そして恐らく、姫ちゃんも。それはいい、当然だ。ぼくだっていろんなことを隠したままに生きているし、相手が誰であれ、それを話す機会はないだろう。秘密は閉じ込めるからこそ、秘密。願わくは、秘密が秘密のまま、嘘が嘘のままで終わるように――といったところか。

できれば、ぼくは部外者のままで終わりたい。その願いだけは、放棄する気はなかった。

中庭のような場所を通り抜けようとしたところでこつん、と何かに躓《つまず》く。姫ちゃんのさっきの話もあってすわ罠《トラップ》かと肝を冷やしたが、何も起きない。

どうやら片付け忘れられたボールか何かに躓いただけのようだった。

「ったく――」

と、そのボールを拾い上げようとしたところで、行為に思考が追いつく。澄百合学園――首吊高校。尋常じゃないこの学園内において、果たして、《片付け忘れられたボール》みたいに平凡なものが、存在するのか否か――

ボールに目を落とす。西条玉藻の首だった。

2

宵闇の中、散切りの頭が首斬り状態で。

いくらぼくが狂いに狂った精神の持ち主であるといってもさすがに冷静でいられるわけもない。それをつかんでいた手を反射的に外してしまい、そしてそのまま思考が動かない。完全に混乱している。完璧に錯乱している。事態が、状況が、全く理解できない。誤解しっぱなしだ。正解がわからない。理事長室の天井から吊るされていた檻神ノアの首をどうしても想起してしまうそれは、表情が全くなくてまるで眠っているようにしか見えず、けれど彼女の首から下には何もなく――

「危ないです！」

ぼくを救ったのは姫ちゃんだった。突き飛ばすように遠慮ないタックルを腰の辺りに食らわせ、自分の半分ほどの体格の姫ちゃんにそんなことをされても常態ならば何の影響もないけれど、今は魂《たましい》が抜かれている状態だったので、数時間前の再現のように、他愛《たあい》無くその力に押し負かされる。

　そして一瞬。先ほどまでぼくが立っていた位置に、クロスボウの矢が音を立てて突き刺さった。

　体温が氷点下に、一気に状況を呑み込む。ぼくは腰にしがみついたままの姫ちゃんを抱きかかえるようにしてそのまま横転する。背後でざく、ざく、と矢が地面をうがっていくのがわかる。このまま単調にただ転がっているだけじゃ動きを先読みされる――反撃に転じなければ。

　最初の矢が飛んできたのは――あの辺りか？　今までの矢の方向性を見る限り、大体の推測はつく。たとえ向こうが移動しながら発射しているとしても、その動きを先読みすることはこちらだって可能だ。転がりつつ、手ごろな大きさの石を拾い、方向転換。少し外れた地面に矢が突き刺さったのを見て身体を起こし、予測発射地点に向けて投石した。同時にクロスボウによる攻撃がやむ。

　やがて――暗闇の中から、一人の少女の姿が溶明《フェイドイン》してきた。思わず見蕩れてしまう黒髪に細身の体軀――そして黒衣のセーラー服姿。

「こういうのは使い慣れていないとやはり駄目ですね――」そんな台詞を呟きながら、クロスボウを捨てる。どうやら、どの道さっきの矢で弾切れのようだった。「萩原子荻。再度、お目にかかります」

「――こちらこそ」

　姫ちゃんをかばうようにしつつ、ぼくは矢面に立つ。またも待ち伏せされてしまったのか。玉藻ちゃんからの連絡の伝達はしっかり行われていたようだ。鈍そうに見えてちゃんと団体行動していたんじゃないか、玉藻ちゃん。

　けれどその玉藻ちゃんの一部分がここに落ちているのはどういうことだ？

「驚いてもらったところで不意をつくつもりだったんですけれどね。うまくいかないものです――私の策がここまでうまくいかないのは珍しいですよ。実際、あなた、何なんです？」

最後の質問はぼくに向けられたものだったが――それはぼくの台詞だ。何なんだこの学校は。つい三時間前に理事長の解体死体に吊るされ首を見てきたばかりだというのに、その三時間後には首だけの女の子に蹴躓いて。しかもその間、何度も自身の命を危険に晒している。

戦場。

最初に子荻ちゃんと相対したときに連想したその単語が改めて脳裏をよぎった。玉藻ちゃんとは殺されかけた仲だ。だからぼくと玉藻ちゃんとの中には友情も愛情も同情もないけれど――こうも簡単に、《時間がなくなったのでここで終わり》みたいに殺されてしまっている玉藻ちゃんの首を見て――

「……これに、何か意味があるわけ？」

「意味なんて考えるだけ無意味です。私はいつでも最善最良の策を選択するばかりですから。もっとも――」子荻ちゃんは演技でなく困った風に首を振る。今のところは、繋がっているその首を。「――赤き征裁《オーバーキルドレッド》さんの登場によって大半の生徒は怖気づいて使い物にならないし――最善最良とはいかない感じでしたが。それでもこうして次善佳良を収められたのだから、よかったです」

過去形でいわれてしまった。

確かに、既に詰《チェックメイト》みは終わっていた。会心の一手に続くチェックメイト。クロスボウの矢は一本として当たらなかったけれど、それによって近くに哀川潤が潜んでいないことを、子荻ちゃんは知った。元々当てるつもりなんて半分くらいしかなかったのだろう――そしてぼくと姫ちゃんだけなら、素手の子荻ちゃん一人で十分に足る。

「鬼ごっこの時間は終わり――ここから先は、ただの単なる鬼の時間です」

詰まされた、か……。

仕方がない……完膚なきまでに、ぼくらの敗北だった。萩原子荻の鉄柵から、ぼくらは逃れることができなかった。

裏のかき合い——けれど気持ちのいい敗北だ。こういうのなら、悪くない。姫ちゃんを守り抜くなんて、所詮ぼくには過ぎた役割。そういうのはやっぱり哀川潤の役回り。残念でした、戯言遣いくん。

「…………さてと」

では、精々上手に命乞いでもするとしよう。命乞いの作法くらい——心得ている。ぼくが一歩踏み出そうとしたところで、そして子荻ちゃんの側も一歩踏み出したところで、——その間に、姫ちゃんが割り込んできた。

両手を大きく広げて、ぼくの前に小さな壁を作る。それは、本当に、小さく脆弱な壁だったけれど——その意図は、十分に汲み取れた。

「う、ううう——」

姫ちゃんはがたがたと震えながら、そこから動こうとしない。ぼくを庇って、動こうとしない。

「…………」

子荻ちゃんもそれを見て、動きを止める。そして呆れたとばかりにため息をつき、「無駄な抵抗はおよしなさい、紫木」という。

「悪足掻きの仕方なんて、教えた憶えはありません。今、この場で——あなたに私を圧倒できる理屈がないことくらい、あなたの頭でも十分に理解可能でしょう？」

「——そんなこと」姫ちゃんは震えた、しかし揺るぎ無い声で、子荻ちゃんに応える。「やってみなければ、わかりません」

「やらなければそんなこともわからないなんて——そこはかとなく愚かですね」

「ええ。それで、いいですよ」姫ちゃんはいう。「そんな風に賢いよりは、こんな風な馬鹿でいいです」

——ああ。

ぼくはなんて。

なんてばかなことを、考えたものだ。

哀川潤の友達としての——紫木一姫。

そんなことに、特殊技能やら変質能力やら。

そんな資格が必要なものか。

ぼくを思って泣いてくれた。

ぼくを必死に引き止めてくれた。

ぼくを追いかけてきてくれた。

ぼくを助けてくれた。

ぼくに対して——微笑んでくれたじゃないか。

落ちこぼれなんかじゃない。

姫ちゃん。

きみは——立派な、人間だよ。

人類最強と、並びうるほどに。

「……全く——今回ばかりは傑作だぜ」

ならば、いいだろう。

仲良しごっこを、もう少しだけ続けてあげよう。

いい、いい。すごく気分がいい。


今のぼくは——すごく、気分がいいぞ。

油断すると、笑ってしまいそうなくらいに。

「姫ちゃん……一人でも戻れるよね？」ぼくは小さな声でいう。「元々ぼくの跡を一人で追ってこれたんだから、一人であの場所まで戻れるね？」

「……師匠？　何いってるです？」

本当にわからないという顔。

どうしても、重ねてしまう。

「《ここは任せて先に行け》——と、そういってんだよ」

今こそ、二手にわかれるときだろう。これはぼくの我儘《わがまま》でも臆病でもない——ぼくの策戦だ。いいだろう、子荻ちゃん。策師としてのきみが玉藻ちゃんをそんな風に扱うことをよしとするのならば——ぼくだって戯言遣いの役割を捨てよう。

ここからは裏のかき合いではなく。

殺し合いだ。

殺して解《ばら》して並べて揃えて——晒してやる。

「でも、師匠……」

「それから、少し遅れたけど訂正。ぼくは哀川さんの友達にはなれないかもしれない。でも、少しだけ、そうなりたいと思ってる。今、そう思った。だからきみのその呼称はひどく正しい……中途半端で曖昧なぼくには確かに実に確実に、皮肉がきいてて相応しい。だったら——」一瞬だけ姫ちゃんを見た。表情はわからなかった。「——弟子が師匠のいうこときかなきゃ、おかしいよな」

　姫ちゃんは。

　紫木一姫は頷いて——そしてそうと決めるや否や、駆け出した。

「！　待ちなさいっ！」

　子荻ちゃんの表情に驚きが走った瞬間、ぼくは彼女に向かって走り込む。先手必勝——なんて気の利いた戦略じゃない。これはただ単に、姫ちゃんが逃げる時間を稼ぐためだけの行為。いくら萩原子荻が《策師》であっても——目前に迫る危機には反応せざるをえない。それは人間が生物である以上どうしようもない反射行動。それを回避するためには人間失格のごとく、反射神経よりも機敏な運動能力を有さなければならないが——生憎子荻ちゃんは肉体的には普通の人間の女の子だ。

「——っ！」

　子荻ちゃんは間一髪でぼくの攻撃を避け、そしてそのまま三歩後退、ぼくとの間合いを広げる。剣道でいうところの九歩の間合い。敵対するには十分で、相対するにはやや遠いという距離。

　子荻ちゃんは溶暗《フェイドアウト》していく姫ちゃんを名残惜しげに視線で追い、そして「はあ」と嘆息した。

「わけがわかりませんね……どうして私の計算を外そう外そうとするんですか？　全く行動が読めません。人間量子論ですか、あなたは。まるで目的なんて何もなく、私に嫌がらせをして喜んでいるだけにも見えますよ」

　目的？　ああ……玉藻ちゃんにも訊かれたっけ、

それ。今なら、それにはっきりと答えることができるけれど。

「目的は姫ちゃんをここから出してあげることだよ。小洒落《こじゃれ》た言い方するなら、少し早めの卒業式ってとこかな」

「そういう態度の方がずっと様になってますよ。軽《けい》佻浮薄《ちょうふはく》に戯言を弄しているよりはね」

　子荻ちゃんも子荻ちゃんで《目的》である姫ちゃんを取り逃がしてしまったというのに、まるで不遜だ。自身の策を捻じ曲げられてしまったというのに。五時間前にあったときの子荻ちゃんとは少しモードが違うようだった。

「……さすがはさすが、赤き征裁《オーバーキルドレッド》の相棒といったところですか」

「相棒？　おいおい。ぼくは行きがかり上巻き込まれただけの囮役だよ。あの人に相棒なんかいるのかな……相棒ってからには対等でないと駄目だろうけど、人類最強と対等なんて、そうはありえないだろうし」

「最強の対等は最弱でしょうよ。それに囮役？　戯言返還条約でも締結されたのですか？　この首吊高校に難なく侵入し紫木一姫と接触できた稀有《けう》の才能を——金城鉄壁の防御を誇るこの首吊高校にあの赤色を紛れ込ませてしまう隙を作ってしまったあなたを、囮役だなんて、誰も認めませんよ」

「…………」

　哀川さんは——そのためにぼくを起用したのか。元々、自分が中に入り込むつもりで、尖兵《せんぺい》としてぼくをこの学園の中に。そう考えれば辻褄《つじつま》は合う。けれど、辻褄が合うだけだ。

「過大評価だね。いったろ？　そんなの、ただの幸運な偶然だよ」

「それならば私もいくらか楽ができたんですけれどね……自分では気付いていないようですけれど、では、冥土の土産に教えてさしあげましょう」

「冥土の土産？　いいね、とてもいい言葉だ。ぼくは冥土が大好きなんだよ」

「……あなたのその才能はとても危険です。自分では何もしないのに周囲が勝手に狂い出す……《なるようにならない最悪》《イフナッシングイズバッド》とでもいうのでしょうか。心当たりはありませんか？　あなたの周りではいつだって異常事態が巻き起こり、あなたの周りにはいつだって奇矯な人間ばかりが集まるでしょう？」

「……心当たり、ねえ」

　むしろ心にあたらない場所が、ないのだけれど。いやそもそも、ぼくに心なんてご立派なものが、あったっけか。

「一般的な言葉を使えば事故頻発《ひんぱつ》性体質並びに優秀変質者誘引体質、といったところでしょうか。より簡単にいうならばただのトラブルメーカーですが……この場合、あなたに何の目的もなく何の意志もないということが、非常に迷惑なのですよ」

　私のような策師にとってはね、という。

「だから私達はあなたのように厄介な存在を便宜的に《無為式》と呼称しています」

　無闇の為にのみ絶無の為にのみ存在する公式《システム》——零式よりも人識よりも、存在するだけで迷惑な絶対方程式。

「……そりゃそうさ。きみとぼくは似てはいるけど、目的を与えられているきみと、与えられた目的すら拒絶するこのぼくとじゃ、やっぱり全然違うんだろう。きみが策師ならぼくは——強いていうなら詐欺師《さぎし》かな」

「……そうですか」子荻ちゃんは目を閉じて頷いた。「……。では、逆殺《ぎゃくさつ》です」

　前口上はこれで終わりと、子荻ちゃんは一歩二歩とすり足でぼくに近付いてくる。ぼくは構えもせずにそれを待つ。子荻ちゃんはそんなぼくに少し不審を感じたようだったが、それでも足を止めることはなく、同じく剣道でいうところの一足一刀の間合いにまで迫って、そしてそこで——

「待った」

ぼくは待ったをかけた。

がく、と子荻ちゃんが肩を崩す。

「あ、あなたね――」

「勘違いするなよ。ぼくは別に、きみと敵対するつもりだとはいっていないぜ」

「……？　どういう、意味です？」いぶかしむ様にしながら、再びぼくから距離を取る子荻ちゃん。

「この状況で敵対以外の何をしようというのです？」

「裏切り」

ぼくは堂々と答える。哀川さんに対して逃走を宣言したときの子荻ちゃんと自分を重ねるようにして、恐れも怯えも委細見せずに。

「うら……切り？」

「そ。考えてみれば剣道二段のきみとぼくとじゃ勝負になるわけがないんだよね。逃げることもできそうにないし……だとしたら《裏切る》って選択肢があるだろう？」

舌先三寸――口八丁。

「《裏切る》……具体的にはどういう意味です？」

「さっき逃げていった姫ちゃんと、それから哀川潤の潜伏場所をきみに教える」

「……背徳、ということですか。しかしそんな取引に応じずとも」子荻ちゃんは値踏みするようなあの目でぼくを睨む。「ここであなたの骨を一、二本折って無理矢理聞き出せばいいだけの話です」

「それじゃあ駄目なんだよね。全然駄目駄目なんだよ、子荻ちゃん。そんなことをされたらぼくは嘘をつくとここで宣誓するからさ。いっとくけど、ぼくの嘘吐きは半端じゃないぜ」

「本当のことをいわせる自信はあります」

「けれど一抹の不安は残るだろうね。きみにあわせていうならぼくは哀川潤と対等なんだろう？　それに子荻ちゃん。この場合ぼくが《裏切る》っていうのには入ってくる情報以上に、大きな意味があるんだよ。策師のきみならわかるよね。奇《く》しくもきみ自身がいったことだ……《赤き征裁《オーバーキルドレッド》は身内に甘い》。事実あのとき哀川さんはきみを追わなかった。そして身内に甘いってことは、身内に弱いってことだ——違うかな？」

「仮に、あなたを傷つけたら」子荻ちゃんは確認するように、いう。「哀川潤は私に対して怒りをぶつけてくるだろうけれど、しかしあなたが《裏切》ったのだとなれば——」

　信頼は悲しい。だからこそ、裏切りは痛い。

「——そこに策師が付け入り付け込む隙もあるんじゃないのかい？」

「……それで。この取引で、あなたは《ここで怪我をしない》以外に、何を得るんですか？」

「正直どうでもいいんだよ、ぼくは。いや、さっきまでは本当に、姫ちゃんを逃がしてきみと対決——と洒落込むつもりだったんだけど、考えてみればぼくはきみのこと、そんなに嫌いでもないんだよね。人を人とも思わない人でなし——そういうのは好みなんだ」

「…………！」

　ぼくの台詞に、なぜか子荻ちゃんは驚いたように一歩下がる。てっきりこの辺で論理的な反論がくると思っていたので少し意外だったが、けれど不審程度の理由で相手の隙を逃すわけにも行かず、ぼくは更に畳み掛ける。

「ぼくは無意味な無為かもしれないが、きみだって自分の為じゃあない。自分で目的を選ばないのはきみだって同じだ。違いはあるけど同じでもある。似た者同士なんだよ。ぼくはね、子荻ちゃん。高潔で無欲な気高い人間を愛するんだ——そしてぼくは気に入った人間と敵対したくない……なるべくなら仲良くしたいと思っている」

「それはつまり」

　子荻ちゃんはらしくもなく戸惑ったように一拍呼吸を置いてから、

「あなたがこの萩原子荻に個人的な愛情を向けてい

るという意味ですか？」

といった。

「……………」

何か違う……つうか全然違うんだけれど……まあいいや。ひょっとするとそれこそが、策師としての子荻ちゃんの策戦《スタイル》なのかもしれない。ならばぼくはぼくの手法《スタイル》を貫くだけだ。否、ただ貫くだけじゃない。貫き通してやる。

「その辺はどう解釈しようがきみの自由だよ。ああ、勿論この《裏切り》……いや、きみに合わせていうなら《取引》か。どっちでもいいけど、とにかくこれは策師と詐欺師の鬩《せめ》ぎ合いだ。書面に契約を交わすわけでもない、勝負の続き。ひょっとすると今きみはぼくによって詐欺られているのかもしれない。《策》でぼくに勝つ自信がないのだったら——別に乗ってくれなくてもいい。腕でも脚でも好きなところを折れよ。抵抗しないからさ」

「……」

子荻ちゃんはしばらくの間悩むような素振りを——やはりらしくもなく、その演技はバレバレだったけれど——見せて、それから更にしばらく、ぼくをじっと凝視《ぎょうし》し、

「じゃあ——騙せるものならどうぞお好きに騙してください、詐欺師さん」

と、左手をぼくに差し出した。

「いわれずとも。ぼくは騙すのも騙されるのも得意なんだ。特に好みの女の子が相手ならね」

ぼくはそれに対し、右手を返す。

「……」「……あは」

萩原子荻は、まるで年頃の女子高生のように、笑った。

第六幕——極限死

紫木一姫
YUKARIKI ICHIHIME
依頼人。

0　嘘つきは人間の終わり。

1

　さて、成り行き上哀川さんと姫ちゃんを裏切ってしまったけれど――さてさて、どうしたものか。いや、勿論、ぼくとしてはあの場を暴力抜きで切り抜けるための策戦だったのだけれど、こうしている《今》――哀川さんのところに案内すると称して子荻ちゃんと一緒に全然知らない校舎内を歩いている今――は、実に中途半端な状態である。

　つまり現時点では、ぼくはどちらにでも転べるのだった。このまま子荻ちゃんを見当違いの方向に連れて行くことも、また、姫ちゃんの向かった哀川さんおわす理事長室に向かうことも。裏切ろうと思えば裏切れるし、貫こうと思えば貫ける。選択肢は見事なまでに二者択一の究極だった。

　とはいえ――

「どちらを選んだところで未来《けっか》は一緒か」

「何かおっしゃられました？」

「いえ別に何もいってません」

「それよりも、本当にこの校舎の中なのでしょうね？　紫木は全然違う方向に走っていったように思えるのですが」

「ありゃフェイクだよ。姫ちゃんもどうせぼくなんてすぐにやられると思ってたんだろ」

「ふうん……そうですか」

　未来がはっきりしているというのに決断を迷っている理由は――この子荻ちゃんにある。なんとか角をとって丸め込むことには成功したけれど、さっきからなんだか態度が余所余所《よそよそ》しい。他人なんだから余所余所しくて当然なのだけど、それにしても何かが不自然だ。

それに玉藻ちゃんのこともある。ああも残酷に殺され、その後道具として使われた玉藻ちゃん。ぼくは今、彼女を道具として使った人間の隣を、並んで歩いているわけだ。玉藻ちゃんのことは好きになれそうもなかったけれど、それでも。

そして理事長の件——犯人はまんま、子荻ちゃんでいいのだろうか。少なくとも今、ぼくは疑っている。玉藻ちゃんと同じく——否、もっと酷く身体中を解体され、首を吊るされた檻神ノア。それが策師の反乱なのだとしたら。こうして隣を歩いている萩原子荻は、ぼくを欺《あざむ》いているのだろうか。それこそ策師として、全てを知っていて黙っているのか。

そちらについては、何の確信も持てない。

ふう。なんか考えるのも疲れてきた。面倒臭いしこのまま本当に裏切っちゃおうか。この調子なら子荻ちゃんとは仲良くできそうだし、哀川さんと戦闘するのも面白そうだ。そもそも哀川さんは敵に回しても味方に回しても、似たようなものだし。子荻ちゃん、髪綺麗《きれい》だしな。触ったら怒るだろうか。

「何をじろじろ見ているんです？　不躾《ぶしつけ》ですね」

子荻ちゃんが足を止め、ぼくを不審そうに振り返った。殺気（？）を感じ取られてしまったらしい。ここで印象を悪くしてはまずい。何であれ、人間関係というのは初めが肝心だ。

「いや、別に。何でもないよ」

「そうですか？」

「そうですよ。それよりも子荻ちゃん」

髪の毛が綺麗だよね、と言おうとして、すんでのところで思い留まる。子荻ちゃんのことだ、その程度の賛辞、今までに散々、うんざりするほど受けていることだろう。そうだったとしたら聞き流される可能性が大だし、ぼくのことを凡百の下らない男だと判断されてしまう危険もある。となると別の視点からの意見が必要だ。

「私が、なんですか？」

「子荻ちゃん、胸が大きいよね」

　子荻ちゃんはずっこけた。

……人間がずっこけるところ、初めて見た。

　起き上がった子荻ちゃんは顔を耳まで真っ赤に染めて、ぼくを思いっきり睨んだが、口をぱくぱくさせるだけで結局何もいわず、綺麗な髪を翻して早足で廊下を進んでいった。うむ、どうやら何かを失敗してしまったらしい（狙ったけど）。

　まあいい。人間関係というのは諦めが肝心だ。

「あ、そうです」しばらく進んだところで、子荻ちゃんは思い出したようにいう。「まだあなたの名前、聞いてませんでしたね。呼び名がないというのは不都合ですから、よろしければ教えてください」

「ああ。ぼくは今まで本名を――」

と。

　何気なく答えつつ、ぼくは廊下側の窓から下界を見た。現在地は二階なのでそれほどの高さはない――ないからこそ。ないからこそ、校舎と校舎の間の植物園をゆらゆら歩いている、紫木一姫を発見してしまった。

「…………」

　何故、あんなところに。距離的に職員棟に辿り着くには時間がかかるとしても……こんな見当違いな場所を徘徊《うろちょろ》している理由は思いつかない。木々の陰に隠れて姫ちゃんの姿はすぐに見えなくなったけれど――見間違えなわけもなかった。

「……どうかしまして？」

「いや、えっと……えっと」

　まさか、またもぼくの心配をして、ってことか？心配になって戻ってみたらもう中庭からいなくなってしまっていた、ぼくと子荻ちゃんの行方を探しているってことか？

　なんて――なんて迷惑な奴だ。お節介もいいところである。子荻ちゃんのいうように奇人変人狂人を集めてしまう才能がぼくにあるのだとしても、そこまで他人のことを気にする人間はいない。任せろっていったのに。どこまで《あいつ》と一緒なら気が済むんだ。畜生……いい加減、腹が立ってきた。

「あの、私、名前を聞きたいんですけれど」

「………ああ。名前ね……名前名前……」

まだ、子荻ちゃんは姫ちゃんに気付いていない。気付いたならこの窓から飛び降りかねないだろう。子荻ちゃんにはあえて哀川潤を相手にしなければならない理由はないのだ。姫ちゃんも、こっちに気付いていない。気付いているのなら、あんなところを徘徊すまい。

ならば……、ならば、詐欺師の続きだ。

「じゃあ、クイズ形式にしよう」ぼくは窓の外を見せないように、身体ごと子荻ちゃんに向く。「ヒントを出すから、子荻ちゃんにぼくの名前をあててもらう」

「あら。いいですね。私、そういうの好きですよ」

ぼくは嫌いだ、とは勿論いわない。

「ヒントはいくつまでです？」

「三つまで。きみは三回まで、ぼくに質問できる。直接名前を訊くとか、それに準ずる質問以外なら、何を訊いてもオッケイ」

「ふうん。よし、受けてたちましょう」

そして子荻ちゃんは少し思案する。

姫ちゃんのことも忘れて、思案する。

「じゃあ質問①。あなたのニックネームを、全て教えてください」

「ニックネーム？」

「紫木が《師匠》とか、赤き征裁《オーバーキルドレッド》が《いーたん》とか、あなたのことを呼んでいたでしょう？　ああいうのですよ」

「ああ。今現在誰かに呼ばれることがある呼称は、まずその《師匠》と《いーたん》、あとは《いっくん》《いの字》《いー兄》《いーの》《いのすけ》、《戯言遣い》に《詐欺師》だな」

「なんだか格好悪い愛称ばかりですね……《い》が

キーワードなんですか?」

「それは質問?」

「いえ、ただの確認ですよ。それにしてもどうして紫木はあなたのことを《師匠》と?」

「さあ……。ぼくが知りたいよ、それ。戯言遣いの弟子だからじゃない?」

「はあ……では次の質問です。名前をローマ字で表記した場合の、母音の数と子音の数を教えてください」

おっと。子荻ちゃんの注意力を逸らすためだけの遊びだとはいえ、ぼくは少し感心した。さすがは《策師》、うまいところをついてくる。文字数を直接聞きはしないところが狡猾《こうかつ》だ。

「母音が八、子音が七」

「ふん。なるほど。それでは最後の質問です。《あ》を《1》、《い》を《2》、《う》を《3》……そして《ん》を《46》として、あなたの名前を数字に置き換えます。その総和は?」


詰まされた感じだった。頭の回転が速い。

「134だ」

「変わったお名前ですね」

子荻ちゃんはおかしそうに笑った。

「さあね、案外偽名かもしれないよ。ぼくは今まで他人に本名を教えたことが一度しかないのを誇りに思っているくらいだからね」

「そうなんですか?」

「ああ。それに、多分きみが思ってるので正解だろうけれど、その名でぼくを呼ばない方がいい。今までぼくを本名で呼んだ人間が三人いるけど、生きている奴は誰もいない」

「…………三人だけ、なんですか?」

「一人は井伊遥奈《いいはるかな》。こいつはぼくの妹だ。飛行機同士の正面衝突で死んだ。一人は玖渚友。こいつはぼくの友達だ。生きてるけど生きてなく、死んでないけど死んでるようなものだ。一人は想影真心《おもかげまごころ》。こいつは……まあ、何だったかな。人体実験で体中いじくりまわされた挙句、紅蓮の炎に焼け死んだ」

「あなたを名前で呼んだから？」

「ぼくはそう思ってる」

「……では、私は、あなたのことを、何と呼びましょうか？」

「なんとでも、お好きなように……」

いいながら、窓の外を見遣る。よし、姫ちゃんはもういなくなっている。どこかに隠れている様子もない。どうやら無事に、やり過ごせたようだった。

……何をやってるんだろう。まだこれからどうするか、裏切るか貫くかすら決めきれていない中途半端の癖に、《とりあえず》みたいな気持ちで姫ちゃんを逃がして、一体どうしようというのだろう。大いに謎だ。不要なことまで喋ってしまって。

嫌なことを三つも並べて思い出しちまったじゃねえか。折角、忘れていたのに。

……いや。

忘れたことなんか、ない。

思い出すまでもなく、ずっと、思っている。

「あ、そうです。ちょっと失礼しますね」

子荻ちゃんは胸ポケットから、玉藻ちゃんが持っていた無線と同じ種類の、携帯電話みたいなあれを取り出し、そしてどこかに連絡を取り出した。

「ええ――はい。ただ今、次なる策の実行中です――《協力者》を得ました。はい、お任せください――現在位置は――」

定期連絡か。情報伝達の双方向性は大事だから、やはりそれは必要だろう。戦場で兵士が好き勝手と右往左往に縦横無尽《じゅうおうむじん》されたら、戦争にはならない。しかし理事長亡き今、一体誰に連絡を取っているのだろう。職員の誰かか、あるいは件の《ジグザグ》か――

「それでは失礼します。理事長」

そういって、子荻ちゃんは通信を切った。

ぼくは――勿論、動揺は顔に出さない。けれど、内心は混乱の嵐だった。どうしてこれ以上、ぼくに考え事を増やすんだ。今なんていった。誰に、なんて呼びかけた？

　理事長を名乗っている人間が他にもいるということか——いや、今のが子荻ちゃんの演技という可能性も——けれどそんな演技の必要がどこにある？　ならば子荻ちゃんは犯人ではない——理事長の死を知らない以上。考えてみればぼくのその思い込みには何の証拠も根拠もない。理事長同様、玉藻ちゃんが部品を解体されて殺されていたから、そうなのじゃないかと思っただけだ。けれど、もっと深く考えてみれば——

「子荻ちゃん。今度はぼくが質問するけど……西条玉藻はきみが殺したの？」

「は？」心底驚いたという顔の子荻ちゃん。「どうして私が、この萩原子荻が仲間を殺さなくてはならないのですか？」

「……いや、だって。あんな風に首だけを中庭において……」

「おかしなことをいわないでください。私にそんな技術はありません。あんなことは《ジグザグ》以外ではできないでしょう」

　ああ。そういえば、理事長の首と玉藻ちゃんの首とでは切断面が違った。理事長のは酷く粗《あら》いそれだったが——玉藻ちゃんのは、凄くなめらかな切断面だった。そう、姫ちゃんがいっていたか——曲絃師、《ジグザグ》。ぼくにはラペリングのロープくらいの意味しか持たないあの糸を、殺人道具に使える奇人——

「仲間殺しなんてとんでもない。私は現場に駆けつけたとき、転がっていた首を次なる策戦に利用したに過ぎません」

「…………」

　それもどうかと思うけれど。《策師》なんだからしょうがないのか、やはり子荻ちゃん、人間的な感情に少々欠けているところがありそうだ。首吊高校のせいだといえばやっぱりそうなのだろうけれど、本人の基幹にも何らかの問題があるとみた。

しかしそんな策師の子荻ちゃんだからこそ――確かに無意味に仲間を――《駒》を減らしたりはしないだろう。役立たずだからといって、桂馬を使わない棋士がいないように。

つまり《ジグザグ》は策師の対極、子荻ちゃんよりは玉藻ちゃん寄り――狂戦士《バーサーカー》か。

じゃあ、どうなるんだ？　密室の問題。解体の問題。その手口《きずぐち》から判断し、理事長殺害は《ジグザグ》の仕業ではない。犯人は別にいる。子荻ちゃん――を疑う理由は、玉藻ちゃんを殺したのが彼女でないことから、今では薄味だ。既に殺されてしまった玉藻ちゃんまで疑う必要はないだろうし。

犯人はやはり《教員》の中なのか。そういえば、未だに連中が出張ってきている様子がないというのが怪し過ぎる。連中の誰かが、理事長を装って未《ま》だ子荻ちゃん達を操っているのだとするなら――策師の子荻ちゃんこそ首を吊るされた人形のように操られているのだとすれば。

学校には憑き物の、権力争い。

なんて――夢のない。欠片《かけら》の希望もない。そんなものに、ぼくも子荻ちゃんも、姫ちゃんも玉藻ちゃんも、そして哀川潤までも巻き込まれて――それで。それでただで済むとでも、思ってるのか？

思い上がりは――正してやろうか。

「どうかしましたか？　いきなり押し黙って」

「いや、別に。ぼくはいきなり押し黙るのが趣味なんだ。ところでさ、子荻ちゃん。クイズの続きをしようか。子荻ちゃん、推理小説とか読む？」

「なんのためにですか？」

きょとんと首を傾げる子荻ちゃん。

「いや、……暇つぶしか、勉強、かな……」

「書物で勉強なんて……。『感化は書物よりも生きた人より受けたものの方がずっと大きい』と田山花袋さんはおっしゃってます」

「引用文が『書を捨てよ』でないところが渋いけ

ど、田山花袋なんて読んでるの？」

「ええ。高校生くらいなら当然でしょう？」

当然らしかった。

「……。それじゃクイズ。たとえばね……」

ぼくは子荻ちゃんに、事実だということは伏せ(勿論ぼくや姫ちゃんが当事者だなんて教えるわけもない)、理事長の解体密室殺人の件を戯化して伝えた。絶対的に管理された鉄扉、中に死体、解体された肉体、吊るされた首。窓には二重の鍵、最上階。通風孔は一方通行。

「……簡単ですね」子荻ちゃんはいう。「それのどこがクイズなんですか？」

「簡単かな？」

勿論この設問には子荻ちゃんの意見を聞いてみたいという理由以外に、《もしも子荻ちゃんが犯人だった場合》何らかの反応を見せるはずだという意味も含んでいる。しかし、見たところ、子荻ちゃんには如何ほどの動揺もない。《難問を期待していたのに》という残念そうな顔をしているだけだ。

「じゃ、答は？」

「元々扉に鍵がかかってなかったんでしょう」子荻ちゃんは当然のようにそういった。「今の話、最初から鍵がかかっていると思い込んでいただけで、一度もそれを確認していなかったでしょう？　では、密室でないものを密室だと、勝手に思い込んでいただけでしょう」

いつだったか誰かがいっていた。《ぼくらがそれを密室だと判断するとき、二つの可能性がある。それが密室であるか、密室でないかだ》。そうか——密室に見えるからといって、それが密室であるとは限らない。それは騙しのテクニックとしては常套じゃないか。

嘘を嘘で隠そうとすれば逆に嘘が露見する。それならば最初にでかい嘘をついておけば、後々には何のフォローも必要なくなる——のか？　扉が最初から《ただ閉じられていただけ》、鍵がかかっていなかったのだとすれば、理事長の殺害は誰にでもできることになる。密室だと思ったのはぼく達の早とちりで――

「いや、それは間違い」

　第一発見者がぼくと姫ちゃんの二人だったのなら子荻ちゃんの答が正解で構わない。けれどもう一人、そこには哀川潤がいたのだ。こともあろうか哀川潤がその場にいながら、そんな初歩的な勘違いがありうるわけがない。

「そうですか？　なら――うん。犯行現場がその部屋とは限りませんよね。解体してから、どこか隙間から――たとえば通風孔からでも、順次部屋の中に放り込んだとか。通風孔からなら、わざわざ部屋に入らなくても、蛍光灯に髪を縛り付けることはできるでしょう」

「でも通風孔は内側からしか開かない」

「だからそれはたとえです。そうでなくとも、バラバラに解体した死体くらいなら、通れる通路、通れる隙間があるんじゃないですか？　ダストシュートとか、排水溝とか」

「うーん……」

「あるいはただの合鍵ですね」

　それもまた、夢も希望もない、勇気すらも必要ない解決だった。しかし人死にの話にそんなものを求める方が、どうかしているといえばどうかしているのだろう。

　全く、行き詰った感じだ。猫の手でも借りたい気分だった。この定型句なら、姫ちゃんは何と言い間違えるだろうか。

「……ん？」

　何か。思いつきそうになったけど。

「ま、クイズはいいや。ごめんね、つまらないこといって。それにしても、本当、変な学校だよね……ここ」

「そうですか？　私は結構好きですよ」

「……普通の人生があったのかもしれないとは、思わない？」

「他にどんな人生が、私の《策師》を活かせると思いますか？」不敵に笑う子荻ちゃん。「あなたの《無為式》が役に立つ場所なんてないのと同様——ああ、そういえば。あなたは普通の高校に？」

「いや。ぼくは義務教育すら中途で放棄したよ。それから……」ER3のことは、知ってるだろうけれど、いわない方がいいか。「……まあ大検受けて、今は鹿鳴館大学の一回生」

「それは真実ですか？」

「嘘はついてないよ。ただ単に、本当のことをいってないだけで」

「相手を騙そうとしてるなら、そんなのは一緒でしょう？」

　時と場合と事と次第、どれにもかかわらない、適当な、策師と詐欺師の会話。嘘吐き、騙し、欺き、騙《かた》り、詐《でたら》め、偽り、誤魔化し。全く、ここまで心の通わない会話があっていいのだろうか？

「子荻ちゃんには、将来の夢ってある？」

「将来には現実があるだけです。そうですね、このまま《卒業》できれば私、恐らくは神理楽《ルール》に就職することになると思いますけれど」

「就職ね……聞いて呆れるや。末は諸葛孔明かハンニバルかい？　女の子の幸せって、もっと別のもんだと思うけど」

「あら。陋習《ろうしゅう》弊風《へいふう》な意見ですね。この私に、主婦にでもなれと？」

「そういうことをいってるんじゃないよ。あんなところにいけば不幸になるってのは明白だってことさ。いいけどね……幸せってのは結局、本人にしかわかんないものだし——それよりもさ」

　無意味な時間稼ぎ、階段を昇って上の階に移動し、またその階の廊下を歩きながら、子荻ちゃんに訊く。とはいえこれは本当に訊いてみたい、興味のあることだった。

「このままきみを哀川さんのところに連れて行った

とした、どうするつもりなんだい？　策師であるきみがまったくの無為無策で人類最強に挑むとは全然思ってないけど、ぼくにはあんな一人アストロ球団みたいな人に対して打つ手があるとは思えないんだけどさ」

　物量にものを言わす手も哀川さんには通じない。それに姑息も卑怯も、決してあの人には届かないだろう。哀川さんを傷つける方法など、この詐欺師をしても一つも思いつかない。子荻ちゃんにいったよう、ぼくが《裏切》ったと知ったら、そりゃ少しはショックを受けてくれるだろうけれど、でもそれはすぐに前向きなエネルギーに転化されることだろう。それほどまでに、哀川さんは強大なのだ。

「打つ手――策戦でしたらあります」

　しかし、子荻ちゃんは自信たっぷりにいう。

「赤き征裁《オーバーキルドレッド》は人類最強の請負人ではあっても人類最強で請負人なのではない――私がつけいるとすればそこですね」

「……ふうん」

「例え相手が人類最強であろうとも、私の名前は萩原子荻。私の前では悪魔だって全席指定、正々堂々手段を選ばず真っ向から不意討ってご覧に入れましょう」

　それは何か、哀川さんの裏をかくつもりだということか。あの人には裏どころか弱点も矛盾もないから、それはすごく難しいと思うけれど――

　そこで気付く。そうだ。あの密室の話だ。思考がそこに立ち戻る。そうだよ、あれがどれだけ、たとえどれだけ周到な犯人によって形成された密室だったとしても、その対抗勢力が哀川潤なのだ。哀川潤には弱点も矛盾もないし――不可能も不思議もない。あるのはただの不条理だけだ。時代遅れの密室なんて存在する前に解決してしまうのが哀川潤。あの密室の真相が《実は扉が開いていた》程度のものだったとしてもそれ以外だったとしても、それは何も変わらない。哀川さんにはもとより通用するわけがないのだ。

なのに哀川さんは未だ何も紐解いていない。

「どうして……？」

どうして、そんなことが。それが一番の不条理じゃないか。人類最強でありながらあの程度で躓くなど、アンフェアなルール違反でしかない。謎を解かない名探偵、人を殺さない殺人鬼、他人のために動く戯言遣い、そんな矛盾に満ち溢れている。

だとすると——否、だからこそ。あの解体死体《ばらばら》に、わかりやすい形の意味が生じてくるんじゃないのか？　チェーンソーでずたずたに——ジグザグにされた、檻神ノアの肉体に。

再構築……近似式……応変……ついに編纂《へんさん》。

そして同時に、もっと重要な地点に思考が至る。

密室なんか彼方に立ち消えてしまうくらいの圧倒的な欺瞞に。真相からの逆演算で、もっと根本的な地点に辿り着く。

玉藻ちゃんの死の真相を訊いたとき子荻ちゃんが答えた台詞の内容。

《おかしなことをいわないでください。私にそんな技術はありません。あんなことは「ジグザグ」以外ではできないでしょう》——《おかしなことをいわないでください》。

まるでぼくが当然知っているべきことを間違えているかのように。そういえば、玉藻ちゃんも、そんなことをいっていた。そこにある違和感、そこにあったすれ違いに生じる意味はといえば——市井遊馬なんて三年生が、存在しないのだとすれば——

既に。

このぼくは、ジグザグを知っているのだとすれば、——気付かない理由ではなく、気付けない理由を考えれば、それは——嘘を。

騙されていて。

「——そ、んな」

その声はぼくのものではなく、子荻ちゃんのものだった。ぼくより背後で足を止めていて、そして

——その顔面は蒼白だった。目は虚ろ。愕然としたような——絶望したような顔だった。どうしていきなり彼女がそんな表情を浮かべているのかわからず、ぼくの思考は一旦停止する。

「……どうしたの、子荻ちゃん？」

「さ、っきのクイズは——理事長の？」

「————！」

激しい後悔。しまった——悟られた。

そうだった、ぼく程度が辿り着ける《真相》に、この学園きっての策師、萩原子荻が辿り着けない理由はない。ぼくはその材料を与えてしまったのだ。自身の言葉から逆に辿って、そしてぼくの態度と思わせぶりなクイズから——事件が起きたこと、そして起こってしまった事件のことを、悟られてしまった。逆演算というなら、それはむしろ策師の専門。何度も何度もこの娘のことを策師だと認識しておきながら——しかしその認識は甘かった。たったあれだけの情報から、全てに気付かれてしまうなんて。なんて頭脳。

悲しいほどに不幸な頭脳。

「ちよ——嘘。だって——理事長は、無線で」

子荻ちゃんは半笑いのような表情で、幽鬼のように。あの優雅で流れるような感じが微塵《みじん》もない、ふらふらとした足つきで——ぼくに近付いてくる。まるで救いでも求めるかのように。抱きとめて欲しがっているように。

迷う。嘘を吐くべきか。ここで嘘を吐いたところで誤魔化しきれるか。子荻ちゃんの行く先を操作することはできても、気付いてしまった子荻ちゃんの真相を操作することが、ぼくにできるのか。いや、できるかできないかじゃない——やるか、やらないのか。

これ以上、彼女に対して嘘を重ねるのか。

戯言でもないのに。

「ねえ、……私の——」ほとんど息も絶え絶えに、子荻ちゃんはぼくに問いかけた。「私のおかあさんは、ひょっとして、——」

「ああ。とっくのとうに、殺されてるよ」

詐欺師は嘘をつかなかった。

2

けれど子荻ちゃんにとっての衝撃はむしろ、次の刹那だっただろう。

ひうんひうんひうん——と。

唸るような音が空気を裂くように聞こえてきて——そして、ぼくの胸ぐらにつかみかかろうとしていた子荻ちゃんの右手首が

ぶつん

と、まるで《ただ部品が外れただけ》のように腕から離れ——そして支点を失ったその手首はくるくるると空中でいっそ滑稽なようにくるくるくると回転し、そのまま電気もついていない薄暗い廊下の床に、どさりと落ちた。

「——あ」

子荻ちゃんは呆《ほう》けたような目で自分の手首を見。そして先の途絶えた自身の右腕を見る。悲鳴はあげなかった。嗚咽《おえつ》もこらえ切った。そのまま視線を移動させ――背後を振り返る。

暗くて何も見えない。深くて不快な暗闇。そんな闇の中から黒衣の少女が溶明して――

「バレちゃったですね――」

そんな台詞と共に。

「《策を弄すれば策に溺れる》――潤さんのいう通りですよね。本当、本当に、落ちこぼれです計算外です不測の事態が多過ぎです――萩原さんや西条ちゃんのことにしろそうですし、そもそも師匠がですね、計算外過ぎたんですよ。潤さんがひょっとしたら助手を使うことはあるだろうとは思ってましたけど……まさかそれが、こんな人だなんて」

陰鬱な笑顔を浮かべ、――紫木一姫は登場した。

「あ、ぐ――」

手首を千切られたというのに、それでも子荻ちゃんは迷うことなく――姫ちゃんに向かって突貫をかけようとする。両者の間合いは九歩どころではない、もっと遠い。そしてその距離《ロングレンジ》では――姫ちゃんに。

ジグザグに敵うわけもないというのに。

姫ちゃんは《仕方がないですね》とでもいうようにゆるやかに首を振り。そして黒い手袋をはめたその手をぼくと子荻ちゃんに晒し。

「《策を弄すれば策に溺れる》――だから」

そして楽団の指揮者のように。

指を喰《くい》っと振りあげ――終《つい》っと降ろした。

「あなたの意図は、ここで切れます」

ひうん――という音を聞き取ったかと思うと同時に子荻ちゃんの身体はびいんと空中で動きを止め、しかしそれも所詮は一瞬、瞬《また》きを終える頃には――彼女の身体はばらばらのジグザグに――断割された。積み木細工でも崩したかのように頭部が胸部が腹部が肩が腕が手が指が腰が尻が脚が足が、次々と順番を守って規則正しく輪切り状になって床に飛び散って、そしてようやく、血液が噴き出した。

　二度目だからぎりぎりで視認できる。空中を生き物のように這っている、極細の《糸》《ライン》が。きらきらと血を光らせて。きらきらと闇を光らせて。そしてまた、ひうんひうん——と、音。

　姫ちゃんが糸を回収した音だった。

「——所詮策師《サク》じゃ狂戦士《ジグザグ》は抑え切れないですよ、先輩。あなたが生き残りたかったなら、最初のときのように不意打ちで手足を封じるか——あるいは《糸》を直接引っ掛けるしかない屋外で決着をつけるしかなかったです。二度もその機会をつかんでおきながらそれを二度とも逃がした時点で——あなたの負けなんです、萩原さん」

　そして姫ちゃんは「しかし」という。

「わからないですね……あなたほどの策師が、こうも簡単に《敵》の結界内に入るだなんて。恋愛《ラブコメ》してる女子高生みたいに隙だらけでしたよ。……どうでもいいですけど」

　ごろりと転がった子荻ちゃんの首にそう語りかけ終え、それから姫ちゃんはぼくの方を向いた。にっこりと、陰鬱そうな笑みを振りまきながら。

「お礼をいいたいところだけれど……助けてくれたってわけじゃ、なさそうだね」

「ですですよ」頷く姫ちゃん。「萩原さん、気付いちゃったですからね。姫ちゃん、できれば生徒は殺したくなかったですけど——」

「その前にも一人殺してるだろ。玉藻ちゃん」

「ああ。はい、そうでした」

　うっかり忘れていたといわないばかり。

「そうですね。目撃者は、邪魔ですから」

　そう——ジグザグ。あのとき、校舎からラペリングで脱出して、その後《糸》を回収すると見せかけ、あらかじめ玉藻ちゃんの首に巻いておいたワイヤーを引っ張ったのだろう。

「まあ萩原さんに連絡が行っちゃってたことを思え

ば、ちょっと手遅れだったみたいですけれど」

「……しかしきみの力で引っ張った程度で、人間の首が切れるのかな?」

「切れますよ。あのね師匠――姫ちゃん、《力》なんかいらないんですよ。摩擦力。圧力引力重力磁力。張力応力抵抗力弾性力遠心力向心力。作用反作用、滑車の原理に振動原理。はね返り係数と摩擦係数――この世界は、力で満ちてます。わざわざ姫ちゃん自身が《力》なんか持たなくともですね――」

　そして姫ちゃんは指を軽く動かす。薄暗い中ではよくわからないが、その手袋には何重にも何十重にも、十重二十重と《糸《ワイヤー》》が巻きついていて、まるで人形師か、さもなくば奇術師のように――

　ぼくの背後のガラスが音も立てずに割れた。

「人を殺すくらいのことは、できるですよ」

　そう。それこそが曲絃糸であり曲絃師。

「――とんだ落ちこぼれだな。ジグザグってのは技の名前か……。その辺、勘違いってか……行き違いがあったわけだ。もっともぼくの勘違いをうまく利用した姫ちゃんにも、すっかり騙されたけどね」

「騙してないですよ。嘘はつきましたが」

　けれど――そんなのは一緒。

「……《ジグザグ》について訊いたとき、ああもぺらぺら教えてくれたのはおかしいと思ったんだ。他のことは全部わからないってお茶を濁《にご》してたのに」

《ジグザグ》はもっと本格的な糸を使っている……なんてのも姫ちゃんの方便に過ぎなかった。あれらのストリングで十分だったのだ。それがどんな強度の糸であろうと、曲絃師が使えばそれは極限の糸と化す。

　手袋がどうのというのも、半分だけ真実を含めた方便。考えてみれば四六時中手袋を嵌めている必要なんてどこにもない。ただ糸を使うだけなら素手でも可能だ――本格的に相手を殺そうと試みている、そう、現在のような状況でもない限り。

　逃げることは……できない。既にこの廊下には、

——その答がこれだ。格上の狂戦士《ベルセルク》に出てこられたんじゃ、あの玉藻ちゃんとて冷静ではいられまい。子荻ちゃんが中庭で待ち伏せしたのも当たり前。見通しがいいところこそ、姫ちゃんにとっては鬼門だったのだから。

「はん、なるほどね……」

この階に足を踏み入れた段階でぼくも子荻ちゃんも蜘蛛の巣に囚われていたってわけだ。

「そして理事長を殺したのも、きみだね」

「はい」何でもないことのように頷く。そして何でもないことのように続ける。「ジグザグはともかく、そっちを気付かれてしまった以上、師匠も殺さなくちゃ、ならないです」

「気付かれてしまったから——か。でもあんなのが、いつまでもバレないとでも思ってた?」

「思ってましたよ。望んでました。願ってたですよ。祈ってました」

「…………………」

蜘蛛《くも》の巣のように闇雲に、《糸》が張り巡らされているだろうから。その内ほとんどのものは目には見えないけれど(意図的に見える糸と見えない糸を織り交ぜているのだろう)、それくらいの推測はつく。姫ちゃんはぼくらがこの校舎にいることを無線で確認した後、先回りしてこうして罠を作って待っていたのだ。

これが文字通り《綾取り《ジグザグ》》。言葉でいうほど簡単じゃない、張り巡らした糸の一本一本の位置と張力を把握し、滑車を経由させた分の力を調整し、そこに触れるものを認識し、触れないものも認識し、更にそれをただの指先で操る。屋外ならともかく、いくらでも凹凸があり《糸》を引っ掛ける滑車にはことかかない屋内では——ジグザグは正に無敵の、しかも応変の幅が広い戦闘技術。あのとき、四人の生徒がぼくに目もくれなかったのは当然。玉藻ちゃんがあのとき、どうして姫ちゃんの声を聞いただけで集中力を失いぼくに対して隙を作ってしまったのか

「だって、潤さんは身内に甘いですからね。姫ちゃんを疑ったりは、しないですよ」

哀川潤の唯一の盲点。

それは《裏切り》ではなく《騙し》だ。

あの人は——、仲間を信じて疑わない。

「けどそれはあくまで盲点であって弱点じゃないですよね」姫ちゃんは悲しげにいう。「ねえ…… 理解できるですか？　今まで潤さんがどんな人生送ってきたか、少しはご存知でしょう？　潤さんは、誰もが誰かを騙し合うような世界でずっと生きてきて、隣に立った人間はまず殺してからどんな人間なのかを判断する、そんな世界で生きてきて——人間の汚い面ばかりをずっと見てきながら——それでも平気で他人を信じるんですよ。全然——姫ちゃんのことなんか、疑いもせずに」

その台詞には少し涙が混じっていたように思えた。けれど姫ちゃんは、決して泣いてなんかいない。ぼくをじっと、見張るように睨みつけている。

「姫ちゃん達にしてみれば嫌味な話ですよね。あれほど突き抜けた存在であるところの哀川潤が、誰よりも他人と対等であろうとする。いえ、それこそが強さなんでしょうね。姫ちゃんにはとても、真似できないです。ついさっきまで師匠のことも疑ってましたし。任せろなんていっておいて、本当は姫ちゃん達を売るつもりなんじゃやって」

ぼくの跡を追ってきたのは、心配してのことじゃなかった。それだけじゃない、最初のとき、ぼくが理事長室を出て行ったときだって、跡を追ってついてきたのは、ただ単純にリスク回避のため。全部嘘で、全部偽《いつわ》りだった。

泣いてくれたことも。

引き止めてくれたことも。

追いかけてきてくれたことも。

助けてくれたことも。

——ああして、微笑んでくれた、ことすらも。

ぼく好みの女の子を、ただ、演じていただけ。

「だぁって、他人なんか信じられないですよね！」

力強くそういって、姫ちゃんは笑う。強いてにこやかに、あの純粋な笑顔を無理矢理になぞるように。しかしそれは、不正なほど歪《いびつ》に歪《ゆが》んだそれにしかならなかった。

「すぐに裏切るし、騙すし、言い訳するし。他人を平気で見下して。殴られたら痛いことを知ってる癖に、殴られたら痛いことを知ってるからこそ、平気で他人を殴りつけて。要するに、みんな、――みんな偽物なんですよ」

「……一人は寂しいかい？」

「寂しいです」即答だった。「寂しいけれど――でも、一人で生きます。裏切って、騙して、言い訳して。一人で生きるです」

「そっか……そうなんだね」

「あんまり話してると情が移るですから、もうそろそろ終わりにしましょう」

　そして姫ちゃんは指を喰っとあげ――その瞬間、ぼくの身体を《ぞわり》とした、気持ちの悪い感覚が襲う。ああ、これは、身体中に《糸》が纏《まと》わりついている状態なのか。なるほど、つまり一番最初、《二年A組》で姫ちゃんと会ったときのあの感覚は――何のことはない。初めましてのあのときから、ぼくは既に姫ちゃんに殺されかけていたのか。ロッカーが揺れたように感じたのも錯覚じゃなかったし、足が絡まったのだって。きっとあの教室内にだって、目に見えない糸が縦横無尽に張り巡らされてあったのだろう。

　殺されていた。

あのときは、初対面の警戒心ゆえで。

そして今は知り過ぎてしまったがゆえに。

「潤さんには師匠は先に帰った――とでもいっておくですよ。それじゃあばいばい。さようならです、師匠」

「――――情が移るってんなら、ぼくの方はもう手遅れだけどね」

終っと——振り下ろされかけた指が止まる。

「……なにか、いったです、か？」

「口に出すのは初めてかな。きみはね……酷く似ていたんだ。ぼくが子供の頃に壊してしまった女の子にね。その女の子は人懐《ひとなつ》っこくて、疑うことも怒ることも知らずいつも笑顔で、すっごくいい奴で、どんなことをしても許してくれて、何より、ぼくのことを好きになってくれたよ」

「……全然、似てないじゃないですか」姫ちゃんは呟いて、俯《うつむ》く。俯いて、呟く。「姫ちゃんは、そんな、いい娘じゃないですよ。姫ちゃんのは上《うわ》っ面《つら》だけです。人のこと疑ってばかりだし、ずっと苛々《いらいら》してますし、それに、人を好きになったことなんて、ないです。全部演技なんですよ。演技で、嘘なんです。あなたに合わせていただけですよ。大体、……そんな人間が、いるわけないじゃないですか」

似ていたんじゃなく、似せていただけ。

そんな人間、いるわけがないから。

「ああ、ぼくもそう思った。こんな人間が存在してはいけないってね。だからぼくはそんなもの——ぶち壊してやったんだ。好意なんて偽物を、信頼なんて紛い物を、思い切り踏みにじってやった」

「…………」

「とても爽快だったよ。最高の気分だった。思い出すだけで晴れやかだ。幸せってのはああいう気持ちをいうんだろうね。——そして……、だからしっかりと後悔する羽目になった。ぼくはかけがえのない本物をぶち壊してしまったんだよ。そしてその女の子は哀川さんみたいに強くなかった。好きだったぼくに欺かれればそこで終わるしかなかったんだ。それはわかってたはずなのに——」

何のためにぼくはこんなことを。

己の罪を、こうも雄弁に語る？

懺悔？　まさか。罪滅ぼし？　違うね。

そう——ただ単純にやり直しているだけだ。

ぼくを追いかけてきてくれた姫ちゃんの行動は嘘

でも、そのとき交わした会話には、嘘はなかっただろうから。それはぼくに向けての言葉じゃなく、姫ちゃんが自身に向けた言葉だったのだとしても。

姫ちゃんは、全部嘘だといった。

ぼくも、それが真実だと思う。

だけど——本当に。本当に。本当にさあ。

この世界が姫ちゃんのいう通りで、この世界がぼくの思う通りのものなのだとしたらさあ。

ぼくらは、こんなに苦しまずに済んでるんだよ。

わかってんのか？

子荻ちゃんからぼくを庇ってくれたときの、あの身体の震えすらも演技だったなら——あれすらも嘘だというのなら、この世には嘘しかないだろう。全部が嘘で真実なんて一つもないというのなら——比較しうるものなどないというなら、そんなの、全部本当なのと同じことだ。

「どうして理事長を殺したの？」

「あの人が園の理事長だったからじゃ駄目なんですか？　姫ちゃんがあの人によって何か酷い目にでもあっていたら納得いくですか？　友達を殺されてたら？　強姦《ごうかん》でもされてたら？　大事な何かを奪われてたら？　それで全部納得すっきり解決おめでとうですか？　馬鹿にしないでください。人を殺すっていうのは、そういうことじゃないですよ、師匠」

　年下の女の子に人殺しについての講釈を受ける。罪が何か、罰とはどういうことか、十七歳の少女が縷々《るる》纏綿《てんめん》と、流れるように語る。異常な状況だった。この首吊学園の結界を以ってしても尚、受け入れがたい異常だった。

「じゃあ質問を変えよう。この学園から出て行きたかったから理事長を殺したの？　それとも理事長を殺したかったからその策戦の一環として、学園から出て行くことにしたの？」

「両方ですよ。どっちでもないです」姫ちゃんは冷めた声でいう。「この首吊高校を壊したかったんですよ。何もかも根こそぎ跡形残らず草一本残さず影も形も十把《じっぱ》一絡《ひとから》げ、根絶やしにしたかったんです」

「……最初、ぼくにあえて何もいわず、あの二人の女の子に見つかったのは、わざとだね」

「そうですよ。脱出できたりしたら、理事長室に行けないですからね。潤さんなら、きっとああいう判断をするだろうと思ってました」

「そして逃げる際、ぼくに抱きかかえられたとき、ポケットから構内図を抜き取った」

「地図なんかがあったら道に迷えないですからね」

「理事長を解体するのにジグザグを使わなかったのは、それをやるとさすがに哀川さんにバレるから」

「ええ。直感は騙せても直観は騙せないですし」

「むしろ解体《ばらばら》に至る手段を別のもの《チェーンソー》にすることによって、哀川さんの直観を回避した」

「見てきたようにいうですね」

「そして理事長の振りをして、無線で子荻ちゃん達を欺いて、いいように操っていた」

「その通りです。いいように、とはいきませんでしたけれどね」

「あとは——まあ解決しとかなきゃならない謎ってか、前置きはそんなもんか。それじゃあ姫ちゃん、本題だ。未来について考えよう」

「……え?」

不審そうにぼくを見る姫ちゃん。その瞳には、圧倒的に負の、そして不の感情が宿って渦巻いている。……別に殺されるくらいどうってことはないが、それが何の役にも立たない無為だとしても、どうってことはないが。

やるべきことはやっておこう。

それが——ぼくの仕事だ。

ぼくの周りでは全てが狂う。策も計算も、何をやってもうまくいかない、思い通りにいかない。

姫ちゃん。

きみの目的を破綻させてあげる。きみの意図を、破断させてあげる。想いも望みも願いも祈りも、まとめて破散させてあげようじゃないか。

「未来……？」

「そうだよ。未来が曖昧だと気持ち悪いからね。不確定要素は気分が悪い。……そうだね、どうせなら明るい未来がいいよね」

「あ——あなたは」

「どうせ姫ちゃん、この学園を出たところで、行く当てなんかないんだろ？　だったらぼくのところにくればいい。ボロいアパートなんだけどね、丁度一階があいている。家賃はお値段びっくり一万円。風呂はないけど銭湯が近い。立派なアパートとはいえないけど、なかなか楽しいところだぜ。住んでる人達がいかしてる。家ってのはやっぱ、住んでる人の質が大事だからね。そこは保証できるぜ。まず紹介するべきは浅野《あさの》みいこさん、剣術家だ。凛《りん》としたおねいさんで面倒見がいい。きっと姫ちゃんのことを可愛がってくれる」

「……何を、いって」

「上の階には伴天連《ばてれん》の爺さん。本名知らないんだけど、ファンキーな爺《じじい》でね、ラッパーだ。この人は見ているだけで楽しめる。ただし危険だからあまり近付かないこと……それから石凪萌太《いしなぎもえた》くんと闇口崩子《やみぐちほうこ》ちゃんの兄妹。この二人は外せないな。兄貴はヤバ系だけど妹は清純派。懐《なつ》かれると最高だ」

「何をいってる——」

「一階には、引っ越してきたばかりの女子大生が住んでる。姫ちゃんのお隣になるね。浪士社《ろうししゃ》大学三回生でその名を七々見奈波《なななみなななみ》という。この女は最悪。是非とも姫ちゃんの能天気さでその頑《かたく》なさをほぐしてやって欲しい」

「あなたは、何をいってるん——」

「そしてぼくの部屋は二階だ、いつでも遊びに来てくれよ。学校は、どうせ暇だろうし、一応通っときなよ。いい若者が本当に毎日が日曜日ってわけにゃいかんでしょ。その性格じゃ就職なんかできないだろうし、だから編入することになるのかな。こんな馬鹿くさい学園に通ってたんじゃ授業についていけるかどうかは疑問だけど、そこはぼくが面倒見てあげるよ。家庭教師って奴だな。それならあの呼称も、あながち間違いじゃなくなるしね」

「――んだ……」

「そしてみんなで――楽しいことを、一杯しよう」

「何をいってるんだ、あなたは！」姫ちゃんは、ついに爆《は》ぜた。「あなたは今からジグザグにされちゃうんだよ！　何の話をしている――そんな話、先の話なんか聞きたくない！　もう――もう、姫ちゃんには！　未来なんて、一つだってないんです！」

《先》のことを思えるなんて余裕がある証拠。今必死に生きてるんだったらそんなこと考える暇なんかないはず。

今――必死だから。

何をしてもどうせ、必ず、死ぬんだから。

「だからこんな学園と心中か。それじゃあ子供の我儘だね。そんな女の腐ったような感情に巻き込まれちゃ、敵わないいな」

「女の、腐った――だと？」

「違うかい？　きみのやり方は卑劣に腐ってるし――それより何より、きみは可愛い女の子だ。腐った男のぼくよりはずっとマシなくせに、未来を切り捨て……、だから――同じ女である、哀川さんにだけは嫌われたくなかったんだろう？　哀川さんにだけは、《人殺し》だと思われたくなかった。哀川さん以外は別にどうでもよかったし……それに、もしもこれが最後になるのなら、最後には哀川さんと一緒にいたかった、か？　センチメンタリズムなのかロマンチシズムなのか、あるいはただのヒロイズムか……どれだったにしろ、ぼく好みのストイシズムからは程遠いね。実際、少し失望したよ。きみにはがっかりだ」

「あなたに――あなたに何がわかる！」姫ちゃんは、今度こそ、本当に泣いていた。嘘じゃない、本当の涙。涙を隠すこともなく、ぼくに向かって怒鳴る。喉が壊れるんじゃないかというくらいの大声で、訴えるように。「他人の気持ちを、知ったように語るな！　あなたに、殺すのが普通だっていう人間の気持ちの、何がわかる！」

「少なくともぴーぴー泣いてる小娘だってことはわかるさ。きみだって結局は怖いだけなんだろう？　哀川さんがきみを受け入れてくれてるのかどうかわからないから怯えてる。哀川さんが姫ちゃんを信じてることを疑っている。だから、こんな、試すような真似を」

気持ちは自分のことのようによくわかる。

自分のことだけに、よくわかる。

自分のことだけど、よくわかる。

「《哀川潤に嫌われたらどうしよう》——そして《嫌われなかったとしても》、《そんなことをしても嫌われないほど、自分が取るに足りない存在だったなら》——」

「——……あはは」

姫ちゃんは急に、急速に感情を、その表情から消して行き——正も負も、生も死も、まとめて感情を消していき——こぞって暗転するように反転していき——無表情になった。

「ありがとうございます、師匠」

空々しく爽やかに感謝の言葉を口にし。

「最後に、いい夢が見られたですよ」

そして、楽団の指揮者のように。

「…………そっか。そうだよね」

駄目か。

そりゃそうだ、自分の面倒すら見れないこのぼくに、こんなぼくに、他人の心の面倒が見られるものか。失敗してしまったというわけだ。これこそ本当の無為だったか。

いい夢を見せたところで——

ロクでもない現実なら、何の意味もない。

無為味な無為式。

「あ、そうだ……あなたの名前、まだ、訊いてなかったですよね」

「………」

最後にまた、ぼくは迷う。たった今までこの少女を救おうとしていた癖に、……今度は壊すことを考える。ぎりぎり崖っぷちに立っているこの娘を突き落としてやろうかと、躊躇する。壊せるなら壊してしまってもいいだろう。

さぞかし気持ちいいだろうな。

可憐な少女を滅壊するのは。

「こんなことになってしまった以上、もうあなたのことを師匠とは呼べないですし……名前、呼んであげます。教えてください」

名前を教えて。一文字残さず名前を教えてあげて。このジグザグな糸を一本残さずずたずたに切り落としてやろうか。

「………………まあ」

けれど、そんなことはしない。

そんなことをする必要はもうなさそうだ。

「……着替える時間くらいは稼げたって感じかな」

「……？　何です？　それ、名前ですか？」

そんな、呑気なことをいう姫ちゃん。

ああ、もう――人がいい。

どいつもこいつも、人がいい。

これじゃあまるで、ぼくが悪役だよ。

「これは独り言だよ……きみにいったんじゃない。そして、きみがいったんだぜ」

「……は？」わからないというように、片目を閉じる姫ちゃん。「あのですね、姫ちゃんは、名前を訊いて――」

「ぼくもいったし子荻ちゃんもいった――けれど一番最初にいったのはきみなんだよ。哀川潤は身内に甘いってさ」

「…………？」

「確かにぼくは自分勝手に理事長室を出て行った……けれど、そもそもこの首吊高校にぼくを連れてきたのはあの人なんだよ。それなのにあの人がぼくを助けに来ないなんてのは――ちょっと寂しい話だと思わないかい？」
「…………！」
がば、と姫ちゃんは振り返る。
その視線の先には——
火炎のように紅《あか》く華蓮の如《ごと》くに朱き。
地獄そのままに緋《あか》く流血さながらに赤い。
請負人が皮肉な笑みを浮かべて。
ただ単純に、存在していた。

哀川潤
AIKAWA JYUN
請負人。

第七幕——赤き征裁

精神的《メンタル》な頑陋《がんろう》さを示すのか。いつも余裕ぶって大上段に構えているだけでは、そんなものは最強とはいえない。何もかもをそつなくこなし、ありとあらゆる技術に秀でている、それだけでは万人が認める最上級《ハイエンド》にはなれないだろう。単一の能力を極めても、それでは単なる一人の天才だ。欲しいものを手に入れることでもない、何もかもを根絶やしにすることでもない。不敗であることも無敵であることも、それ唯一では最強の定義となりえまい。栄光や名誉はむしろ対義語ですらある。では一体、何を以って何をして、それを最強と定めることができるのだろう——考え詰めるとほとんど自家撞着《じかどうちゃく》の議論にもつれ込む。

けれどこのような理屈を述べれば、きっと彼女はいつものようにニヒルな笑みで、こう答えるのだろう——

《我最強、最強ゆえに理由なし》と。

0

苛められる方に原因があり、
苛める方が結果を出す。

1

《強さ》とは一体何を指すのだろう。幸せや不幸せの基準と同じく、強さ弱さも所詮は相対評価でしかないとするなら、自分以外の全てを否定することが強さで、自分以前の全てを肯定することが弱さ、と定義されることになる。そうでないにせよ、何かを判断する以上、そこには基準と単位が必要だ。

単純に力が強いことなのか。存在が大きいことをいうのか。物理的な頑丈さを指すのか、あるいは

「やーっぱさぁ……」

哀川さんは、自分の真紅の衣装をひけらかすように両手をゆっくりと広げ、ぼくと姫ちゃんとを同時に見据える。顔にはシニカルな笑みが張り付いたままだ。

「クライマックスは、これでねーとなぁ。ここからやっとこさ見せ場ってときにあたしが黒い服着てたんじゃいまいちきまんねーや。いやいや、一旦学園出てコブラんとこまで戻ってたから、思いの他時間食っちまったよ。遅れてごめんね、いーたん」

姫ちゃんはがたがたと震えている。身体中で震えている。どうして哀川さんがそこにいるのか、否、どうして自分が哀川さんと違うところにいるのか、それが理解できないとでもいうように。

「別に構わないですよ……舌先三寸の時間稼ぎは戯言遣いの十八番ですからね、哀川さん」

「あたしを名字で呼ぶなっての……名字で呼ぶのは《敵》だけだ。——それで」哀川さんは笑みを崩さないままに、視線を姫ちゃんに固定した。「それでお前は、あたしをどっちで呼ぶんだろうな？」

「あ、う——」

「なあにやってんだよ、お前」

「……あ……」

「何やってんだって訊いてんだぜ？　ん？」

「これで——」

姫ちゃんは。

「こんなあっさりと終わり、ですか」

姫ちゃんは震えたままで。

「なんで——」

がたがたと震えた声で。けれど精一杯に。

「——駄目なんですかねえ」

消え入るような小さな声で悲痛に叫ぶ。

「何が悪かったんでしょう？　ねえ？」姫ちゃんは哀川さんでなく、ぼくの方に向いて、そう問いかけてくる。「考えたのに……色々考えて、うまくいくはずだったんですけど。姫ちゃん、何か——悪いことでもしたんでしょうか？」

「……姫ちゃん」

「だから、こんなに駄目ですか？」

「んなこと関係あるかよ」割り込むように、哀川さんはいう。「《策を弄すれば策に溺れる》——ごちゃごちゃ考えすぎなんだよお前も、それからいーたんも。それにそこで転がってる小娘もな。あーあ、廊下が血でびしょびしょじゃねーか。ったく——お前ら他にやることねーのか？　ひょっとしてさあ、論理で全部が説明できるとか思ってない？」

　哀川さんは心底わからないとでもいうように、面倒そうな仕草で頭をかく。そして永遠のように短く刹那のように長いため息をついて、

「論理なんてな一足す一が二って意味でしかねーぞ。理論なんてな零足す零は零って意味だ。綺麗な論理だのが見てえんなら小学一年生向けの算数の教科書でも読んでろよ。そんな幼稚なもんに頼って縋って従って——マジもんのばかかお前らは！」

怒鳴った。

　もう、笑ってはいない——怒っている。

　それも、滅茶苦茶。激烈に怒っていた。

「もう駄目だとかこれで終わりだとか……いけしゃあしゃあと遠吠えてくれんよ負け犬が！　聞いてるこっちが赤面すらぁ！　あたしをこれ以上赤くしてどうすんだ馬鹿！　ああ？　てめえ一人が生き残ればうまくいったことになんのか？　他人に露見しなきゃそれで成功なんか？　勝手に始めて勝手に終わらせて、ふざけんな！　こんな馬鹿馬鹿しい茶番劇が成功するわけねえだろぼけ！　ロクな経験《トラウマ》も積んでねえガキどもがめそめそ調子にのんな！　頭ぶん殴るぞ！」

「——あ。あう……」

　姫ちゃんが涙をぼろぼろと零《こぼ》しながら、一歩、気圧されたように後退する。既にぼくの身体に、あの《糸》が巻きついていたときの不快感はない。哀川潤を目前に、ぼくなどを捕捉している場合じゃない

し――そして人質など、哀川さんにとっては逆効果にしかならない。姫ちゃんはそれをよく知っているのだろう。だからこそ、哀川さんを味方のままにしておきたかった。

いや――そんな理由じゃないか。

それもあるけど、姫ちゃんはただ単純に。

「面白くねえ――全然面白くねえなあたしは！　敵対すんならちっとは笑わせろ！　どいつもこいつも本当にやるべきことから目を逸らして、何もかもを根こそぎ無駄遣いして、言い訳して嘘を吐いて誤魔化して――こそこそと卑屈に生きやがって！　怠《なま》けんな！　簡単なことだろうが、サボってんじゃねえぞ！　なんでもっとしゃんとしないんだお前らは！　曲がってんじゃねえよ！」

だから……

それだけは、できないんですよ。

姫ちゃんには、そしてぼくにも。

けれど尚、哀川さんは怒りの矛《ほこ》をおさめない。

「胸を張れ、背筋を伸ばせ、自分を誇れ、敵に吼《ほ》えろ俯くな！　諦めんな見限るなてめえで勝手に終わらせんな！　同情されてーんかガキども！　媚《こ》びんな気持ち悪い懐いてくんな、動物かてめーら！　自己陶酔に他人を巻き込むな、悩みたきゃ勝手に悩んでろ、相談すんなお前らみてーな変なんの気持ちなんかわかるか！　傷舐めあってんじゃねえぞ妥協すんな！　簡単に否定すんな、難解な肯定すんな！　他のことなんかどうでもいいから、自分のことだけは自分で決めろ！」

「……うるさいっ！」

姫ちゃんはそう、胃を押さえるようにして、哀川さんを――睨み返した。涙はもう、そこにはない。どこにもない。年頃の女の子の目ではなく――どこかがずたずたに切れてしまったような、どこを切り取ってもまともな部品なんか一つもない、ジグザグな目だった。

全部演技だった。

純真さも無邪気さも。行為も好意も。

全部演技だったなら——まだ、救われたのに。

「もうここで終わりなんですよ！　全部残らずバレちゃって……人だって殺して——約束を破って裏切って——」

裏切って裏切って裏切って。

敵を欺く前に味方を欺いて。

そんなことを、ずっと、繰り返して。

姫ちゃんのそんな姿は、あまりに痛々しかった。見ていられないほど。とても、見捨てられないほど。

「もう……やめるんだ、姫ちゃん——」

「うるさい黙れやかましい！　そんな名前で呼ぶのをやめろ！　なれなれしいんですよ、あなたは！」

姫ちゃんは怒鳴って、ぼくを睨む。瞳を大きく見開いて。純粋さなど可憐さなど、欠片もない形相で。けれど、これ以上ないくらいに、哀れを誘う表情で。

「優しくするな！　仲良くしてあげようだなんて、思い上がるな！　そういうの——気持ち悪いんですよお！」

「……姫ちゃん」

「なんなんですか、その顔は？　可哀想ですか？　同情でもしてくれてるんですか？　あなたは人殺しが嫌いだとばかり思ってましたけど……ありがたい話ですね。けれど——理事長や西条ちゃん、萩原さんだけじゃないんですよ？」

そしてあまりにも似合わない、心の底から悪意を込めた瞳で、憐れむようにぼくをすがめた。

「どうして——《教員》も《警備員》も出てこなかったのか、まだわかってないですか？」

出てくるはずもなく、それはもうぼくが学園に侵入する以前に全て終わっていて——

ぼくは想像する。

職員棟。職員室。

理事長室の床一枚下——閉じられた場所。

そこに閉じられ広がる死山血河——

人殺し、ではもう足りない。

殺人鬼、でも不確かだ。

この限定された場所。

四方を壁に阻まれて、そんな姿が見えるはずもない。生きてる人間の姿も——死んでる人間の姿も。

崩壊するそのときまで、見えるはずもない。

そして——

崩壊したときには、もう手遅れ。

「どうせもう、この学園は終わりです」

「そうだな、そうかもしれない」哀川さんは答える。「だけどお前は終わらせねーぞ」

姫ちゃんを指さして。

「このあたしが、終わらせてやんない」

「……だから！　もういいんですよ、哀川さんは！　もうそれで十分終わってるんですっ！」

姫ちゃんは、哀川さんをそんな風に名字で呼んで——ばっと両腕を振り上げた。


ひうんひうんひうんひうん——子供の泣くような、空気が真空に裂けていく音が廊下の中に響き、そしてその先端は全てが哀川潤へと向かっていた。その細さと速さゆえ、それを視認することはできない。そう、この廊下に足を踏み入れた時点で、姫ちゃんの蜘蛛の巣にかかっていることは否定しようもない事実。この視界で、いかに人類最強といえど、この密室であらゆる凹凸を経由して全方向から迫ってくる《糸》の全てを避け切れるはずもない。

しかし請負人は——

そもそも、避けようともしなかった。

見えない糸が哀川さんの身体にまとわりつく。さすがに姫ちゃんもそれは予想していなかったのか、そこで動きが止まる。驚いたように哀川さんを見る姫ちゃんに哀川さんは意地悪そうに答える。

「なんだぁ？　ひょっとして避けて欲しかったのか？　この期《ご》に及んで迷ってんのかよ。それともあれか、はは、最後はあたしの手で命を終わらせて欲しいとか思ってんのか？」

「……う。ぐ」

「図星かよ。けど残念だったなー。あたしはお前のことがだーい好きだからな。これ見よがしに思う存分、隅から隅まで手抜かりなく手え抜いてやんよ。楽に殺してもらえるだなんて思うな。二度とあたしから離れられないくらい底抜けにぬるーく愛してやるよ。は、確かにてめえの馬鹿はいっぺん死ななきゃ直りそうにねーけどな」

「ふ、ざける、な――」

下唇を思い切り噛み締めて、姫ちゃんはぶるぶると震える。それはもう恐怖じゃない。哀川さんに対する――怒りだ。あるいは、狂戦士《ジグザグ》としての――武者震いか。

「それより腕をあげたな、褒めてやんよ。曲絃糸の先に重石もつけずにここまで精密に糸投げれるたぁ……お前雑技団に永久就職できんぜ。山城拓也かお前は。よくこんな面倒くさい技を完璧にマスターしたよ。ひょっとしてあれ？　姫ちゃんてばまだあいつのことふっきれてないとか？」

明らかに嘲弄《ちょうろう》するように、哀川さんは姫ちゃんを嗤《わら》う。姫ちゃんは圧倒的に優位な立場に――自分の結界《テリトリー》にありながらも尚も余裕ぶられる屈辱に顔を歪ませ、思い切り怒鳴る。

「既に詰《チェックメイト》んだってのがわかんないんですか、哀川さん！」

「成り上がりの歩兵《ポーン》が好き勝手ほざいてくれんよ。生憎あたしは生まれついての女王《クイーン》でね――王様如き格下が詰まされても全然関係ねーんだよ」

姫ちゃんは決意したように――しかしそれでも一瞬、躊躇《ちゅうちょ》した。けれど一瞬は所詮一瞬以上ではなく、決意の両腕を同時に、喰っと振り上げて――

「終わりです！　あなたの意図は――」

そして終っと――

「ならばまずは絶望しろ。あたしはとっくにぶち切れてんだよ、くそガキ」

そして——、そして恐らくそれはぼくの見間違いだろう、優しげな感じに、哀川さんは笑んで——そして——

「そして安心しろ。あたしとお前は、切っても切れることはないからさ」

2

終っと——振り下ろされる前に、姫ちゃん自身が、廊下の床に倒れた。というより、振り下ろす腕に引きずられるような形で、身体ごと前につんのめって、姿勢が崩れたというべきなのか。何が起こったのかわからないといった顔で、廊下の床に、不格好な姿勢でうつ伏せに倒れている。

「……え？　あれ？」

「どうした？　足が滑《すべ》ったか？　ん？」

哀川さんは——勿論、輪切りになどなっていない。まるっきり余裕たっぷりな態度で、にやにやと笑みを浮かべている。姫ちゃんはすぐに立ち上がろうとしたが、しかしそれにも失敗し、まるで重度の酔っ払いか何かのように、顔面から廊下に伏せる。

哀川さんの方を見ると——何もした様子はない。当たり前だ、この間合い。哀川さんの方からは何もできるわけがない。飛び道具がなければ、あるいは超能力でも使わなければ、姫ちゃんを転ばすなんて真似は——

いいや。

さっきと、立ち位置が変わっているか？

「重さと速さと太さにバリエーションをつけるために色々な種類の《糸》を使ってるみたいだが——それでも曲絃師が攻撃するときの理屈は全部同じだ。つまり《速さ》と《細さ》による切断。食パンの分割と一緒かな。ならそれを避ける方法は大きく分けて二つある——一つは《ゆっくりと移動する》。もう一つは《素早く移動する》だ」

明らかに矛盾することを、哀川さんはいう。姫ちゃんはそんな言葉に耳も貸さず、必死に立ち上がろうと試みているが、しかしその度、何かに引きずられるように、無様に受身もなしですっ転ぶばかりだった。まるで——まるで見えない糸にでも操られているかのように——

「——あ」

「気付いたか？　いーたん。そ、そういうこったよ。あたしがその辺に張ってある《糸の結界》の外にいる以上——今あたしに巻きついてる糸は、どこの凹凸《かっしゃ》をどういう風に経由しているにせよ、その手袋に繋がってる。なら話は簡単だろ？　姫っちの指や腕よりも速く、あたしが移動すればいい。その力よりも力強く、その速さよりも尚速く」

気付いたときには——また、哀川さんの立ち位置が変わっている。同時に、姫ちゃんは、腕に引きずられるように、また倒れた。理屈は、犬を繋いでいる鎖なんかと同じか。けれど、姫ちゃんは指を動かす、それだけの微小な動作でいいんだ。そういった意味で、姫ちゃんの小さな体躯に短いリーチは曲絃師として相応しい。振り上げてから振り下ろすまでの速度が常人よりもずっと速く、かなりのアドバンテージがある。それに対して哀川さんは、全身に糸が巻き付いているがゆえに、全身で移動しなければならない。これこそ正に、言葉でいうほどに簡単な理屈ではない。

「殺人技としての曲絃の欠点は接触《コンタクト》から攻撃《インパクト》までに時差《タイムラグ》があることだ。その時差はあたしの前じゃ決定的だよ。お前の糸がいくら速かろうと——このあたしの相手になるには百年遅い。速さが一緒なら単純に力の強い方が勝つ——綱引きと一緒だよ、一姫。非力は悲劇だね。力は必要だろ？　あたしにどれだけ危険な糸が巻き付いてるか知らないが、その糸よりも速く動けばこんなのただのアクセサリだよ。は、やっぱこいつは大道芸だ。止まってるもんしか対象にできねーんじゃお前は《あいつ》と一緒で殺人鬼にゃなれねーよ」

「う、うるさい——うるさいうるさい——」姫ちゃんは倒れたままで哀川さんを睨む。「こ、こんなはずが——」

　当たり前だ、こんなはずがない。いくらなんでも指先の動きよりも素早い移動法なんてのは標的の対象外だろう。まるで哀川さんが速いのではなくぼくらが遅いかのように、哀川さんが移動しているのではなくぼくや姫ちゃんという観測者こそがまとめてこぞって移り動いているかの如く、何の予備動作も事後動作もない、それこそ超能力と変わらない瞬間移動さながらに。

　動くと動いてから動き始めるまでに時差《タイムラグ》が一切ない。起こりととまりが同時に終わっている。行為が疾駆なのでなく行為から行為までの行為が疾駆。

「あーあ。所詮ガキが相手じゃこんなもんかよ」哀川さんは顎《あご》をあげて如何にも見下げたように、地を這うような姿勢の姫ちゃんを悪意を込めて嘲笑う。「やっぱお前と殺し合いしてもつまんねーしもうやめるわ」

「やめる？　ふざけないでください——それならそれでやりようはあるんです！」姫ちゃんは呻く。「それに、直接の攻撃を防げても、この結界の中に入ってくることができない以上、哀川さんは——」

「だからさ、人の話はちゃんと聞けよ。切っても切れないくらいに、繋がってるっていってんだろ？」

　哀川さんは握っていた手を広げ、内に隠していたあのスタンガンを晒した。姫ちゃんの目が驚愕に見開かれるが、そのときにはもう遅い。倒れた姿勢のままでは糸を回収することなどできるはずもないし、その糸は哀川さんの交差移動によって既にもつれてしまっているだろう。やっとそれに気付いたように姫ちゃんは手袋を外そうとしたけれど——

　やはり、もう遅い。

　哀川潤に相対するには百年遅い。

　哀川さんはスタンガンの先端を、自身の腕に思い切り押し付け、スイッチをいれた。

　決着《スパーク》は一瞬だった——ということはできない。

　その一瞬が訪れる前、ずっと以前、そもそも姫ちゃんが哀川さんに対抗しようとした時点で、それは決着していたのだから。

　姫ちゃんは這いずるような姿勢のままで、一時停止でもされたかの如くに固まっていて、その後びくりと海老のように思いっきり反ってそのまま仰向けにひっくり返り、またその姿勢で固まり——けれどやがて、その身体からぶすぶすと黒煙を吹き上げながら、ずるりと、さながら糸の切れた人形のように、倒れてしまった。完全に意識を失ってしまっているらしいが、しかし肉体的な生理反応として、びくびくと体中が痙攣《けいれん》していた。

「やれやれ……折角《せっかく》着替えてきたのにな」

　哀川さんは、姫ちゃん同様に焼け焦げてしまった自身の服を惜しむようにいって、おざなりな風にほつれた部分を引きちぎっていく。肩や腹の部分がむき出しになって、なかなかいい眺めだったが、じろじろ見ているわけにもいかず、ぼくは姫ちゃんを再度窺う。まだ痙攣は続いていた。特に直接の電撃を喰らった指先の痙攣が酷かった。別個の意志を持った生き物のように細かな振動を続けている。

「ぐあ。そうか、アラミドファイバは絶縁体だったな。何本か残っちまった。これはケプラーか？　くそ、これは自分で解かなくちゃなのか。しち面倒くせえ」

　哀川さんはぶつくさいいながら、身体に巻きついた糸の中で、電撃のショックで焼ききれていないものを解きにかかる。操り主を失ったそれらの糸は収拾がつかなくなってしまったようで、難儀しているようだった。そんな哀川さんをおかしく思いながら、「スタンガンはこのためだったんですね」と、訊く。こういう質問をするのも、ぼくの仕事だ。

「おう。いったろ？《ある人間を無傷で連れ出す必要が生じたから》ってさ」

「てっきりぼくのことかと思ってましたよ」

「へえ？　なんで？　あたしが大好きないーたんにそんな酷いことするわけねーじゃん」

　韜晦《とうかい》するようにいう哀川さんだった。

「ま、分別つかねーガキの心配するのも仕事の内でな。あたしがまともにこいつのジグザグに対抗しようと思えば、怪我させずに済ませられねーし」

　武装した方が弱くなるのか、この人。

　解説は不要かもしれないけれど——一応。哀川さんは例の掌サイズのスタンガンによって、姫ちゃんの操る《糸》に思いっ切り、まともに喰らえば二、三日分の記憶が吹っ飛ぶくらいの電圧を、それもリミッターを外した状態で、食らわせたのだ。電圧を極限にまで解放し、しかもそこに通常以上の電流を加えて。もうそれは高圧電線に触れたのと何も変わらない。ただのスタンガンの攻撃ではなく……爆薬を使用したかのごとく、強大な威力《スパーク》だった。廊下のあちこちに火花が飛び散っているし、近くにいたぼくですら、ある程度の影響を受けてしまうほどの、そんなとんでもない威力。

　いくら丈夫な各種ストリングといえどその高圧と高熱に同時に耐えうることはできず、大半は一瞬で爆ぜて焼ききれてしまったけれど——焼き切れるまでの一瞬で十二分。宿主は最大限にダメージを食らう。《糸》の内、絶縁体のものを除いて、それは全て哀川さんの武器となったわけだ。

相手の切り札《カード》が速度ならばその速度でこそ圧倒し。糸を使用されたならその糸をこそ利用する。姫ちゃんは哀川さんを蜘蛛の巣にかけたつもりでいて——実際は逆だったのだ。

いくら蜘蛛が大きな巣を張ったところで。

鷹《イーグル》はそれを悠々と突き破る。

「…………」

……勿論、それは同じく《糸》に繋がっている哀川さんも条件は同じで、どころか哀川さんは（何を考えているのか）自分の腕にスタンガンを押し当てたわけだから、つまり姫ちゃん同様の高圧、いや、それ以上の高電圧を自身で喰らったはずで、いうならこれは自爆テロのような決着なのだけれど、哀川さんはまるっきり平気そうだった。意識も記憶も飛んじゃいないし、服以外に何のダメージも受けていない。着替えた服の裏地が特注《オーダーメイド》の絶縁体仕様だったから——哀川潤はそのためにわざわざ着替えてきたのだ……とか、そんな風にでも説明すれば辻褄は合うのだろうけれど、そんな些細な辻褄をこの請負人の前で合わせる必要があるとも、大して思えなかった。この人なら飛行機で火口に突っ込んだところで、無事に生還することだろうから。理論を超えたものを理論で説明しようとしても破綻するだけだ。

零の階乗は理屈ではなく一なのだ。

「うおぉ！　糸がもつれた！　皮膚に食い込んで痛え！　こら、てめえ、見てねえで助けろ！　お前は悪魔か！」

「………………」

無言で哀川さんに近付いて、《糸》を一本一本丁寧に解く。指の先が少し切れたけれど、何とか哀川さんが自由に動けるようになるくらいには、糸をほどき終えた。

「うにー。ありがとーいーちゃん。わーい。いーちゃん好きっ！」

「やめてください」

マジで嫌だった。

「いや、あたしは人物の登場頻度における平等を期すためにだな……」

「だったらあかりさんの声真似してくださいよ」

「いきなり固有名詞を出されても……」

「……しかし、怒るとはね。意外でしたよ」ぼくは倒れた姫ちゃんを見ながら、いう。「責めるでも許すでもなく、ただ単純に怒りますか」

「あなたなんて大嫌いです！　顔も見たくないからさっさと死んでください豚野郎！」

「…………？」

「千賀《ちが》あかり」

「いや、それはもういいんです」

ちょっと嬉しかったけれど。

「……はん。あたしは滅茶苦茶心が広いけど、気はみじけーんだよ。お前と違ってな。実は一週間に一回超《スーパー》サイヤ人になる」

「はあ……」

本当かもしれなかった。

「零崎くんみてーな開き直った単純馬鹿とやる分には遠慮なく楽しめるんだが。お前らみてーにうじうじした理屈バカはいっちゃんむかつくんだ」

「……学園もののドラマみたいですね。ここは全然高校なんかじゃないですけど……」

「《先生、あたし本当は構って欲しかったんです》ってか？　いつの時代のドラマだよ。けどな、いーたん。実際あんま関係ないんだぜ、それって」哀川さんはにやにやと笑っていう。「あたしの説教なんて、こいつに通じるもんかよ。説教はお前が終わらしてたんだ。あたしじゃ何をいってもどうせ安全圏からの意見にしかなんねーからな。餓《う》えた人間を前に《パンのみに生きるにあらず》っていっても《うるせえ馬鹿！》ってもんだろう？　似たような立場のお前が、既に説得は終えてたんだよ。あたしはその後始末をするだけでよかったんだ」

そうなのだろうか。

そんなことはないとは思うけれど、しかしもしそうだとするなら……ほんの少しだけでも、ぼくは姫ちゃんを救うことができたのかもしれない。救えない存在であるところのぼくが、救われない存在であるところの姫ちゃんを。それこそ破手に破綻した矛盾でしかないけれど。

「もっとも、はは、どんな格好いいことといってもスカート姿だから、決まらないけどな」

「黙ってりゃわかんないことといわないでくださいよ……それにしても、これでようやく終わりですね」

「だからなー」哀川さんはぼくの頭をこつんと殴った。「勝手に終わらせせんなっての。あのなー。ちゃんと理解しとけよ？　人生ってのは死んでも終わらないんだぜ」

「死んでもですか」斬新な意見だ。

「ああ。お前が死んでもお前の影響は残るからな。本当は終わりなんて、どこにもないんだ。こいつにしたってそうなんだけど……もうちょっと大人になればわかるんじゃねーの？　わかんねーならわかったふりしとけよ。それだけで大分違うさ」

「わかりたくもありませんけどね、そんなこと」それからぼくは姫ちゃんに目を落とす。「……これから姫ちゃん、どうするんでしょう。この学校はもう死に体だとして……でも、ここまで大事件になっちゃ、脱出するとか退学するとか、そういう以前の問題だとは思いませんか？　理事長殺しちゃってんですよ」

「しらねーよ。あたしの仕事は一姫を外に連れ出すことで、そっからは労働規約外だ——といいたいところだけども。そういうわけにもいかんだろーな。こいつとは知らない仲でもないんだし、そうだな、適当に始末つけてやるよ」

「そうですか」

やはり、この人、身内に甘いな。

それが、しかし、それこそが、最強の最強たる所以なのだろう。

「とりあえず警察に引き渡そう」

「あんた最悪だな！」

「わわっ！　いっくんが怒ったよっ！　当たり前のこといっただけなのにっ！　《ストリップポーカー、ただし暑さ我慢大会真っ最中》みたいなっ！」

「だからそれはもういいんですよ！」

もう誰も哀川潤を止められない。

「かはは。まー中々上等な傑作だぜ」

今度は人間失格を演りながら哀川さんは姫ちゃんの傍らに座り込む。そして、仕方なさそうな、そいでいて慈しむように、ようやく痙攣の治まった姫ちゃんの寝顔を撫でて、

「眠ってるツラ見りゃ、可愛いだけのガキなのになぁ……ったく。くそガキが」

そんな風に頷いた。

哀川さんのその仕草は、まるで手のかかる妹に接している姉のようで、なんとなく、微笑ましいような感情を覚えた。哀川さんは絶対に優しくなんかない人だけれど、本当にちっとも嬉しくなんかない人だけれど、それでも、多分、姫ちゃんみたいな娘を、ほうっておくことができないのだろう。

「……ん」

「どうしました？」

「いかんな。心臓が止まってるわ」

「永遠の眠りじゃねえかよ！」

スタンガンの取り扱いには注意しましょう。

真面目な話。

「あーあ。死んでしまうとは何事じゃ」

「大事《おおごと》だ！」

「犯人はこの中にいる！」

「あんたしかいねえよ！　大体スタンガンのリミッター外す必要なんかどこにあったんです！　気絶させるだけなら普通の電圧で充分でしょう！」

「だってそれじゃあ糸が焼き切れないもん」

自分で糸を解くのが面倒だったからかよ！

「大丈夫だよ、すぐに蘇生さすからさ……取り乱すなよ、そんなに。いーたんはドライが売りだろ。数少ない個性は大切にしろよ」

　いいつつ、哀川さんは心臓マッサージを開始しようとし、そこで考えが変わったように再度ぼくを見る。

「いーたん、やってみる？　ペドの誹《そし》りを受けずにいーことするチャンスだぜ」

「人の生死で遊ばないでください！　お願いします真剣《シリアス》な場面なんです！」

「なんだよ嫌なのかよ。まあ確かに人工呼吸ってネクロフィリア的なとこがあるかんな」

「そうそう、いくらぼくでも死体までは守備範囲に含めてませんからね――って、違いますよ！」

　動転のあまり戯言遣い、生まれて初めてノリ突っ込みだった。

「いい加減にしてください！　あんた五秒しか真面目になれない病気なんですか！」

「冗談の通じない奴だな……つまんねーの。ばーかばーか。いっくんなんて嫌いだー」

　そしてようやっと、哀川さんは救命行為を開始する。心臓マッサージの際にぼきぼきと肋骨《ろっこつ》が折れる音が聞こえたが、その程度は仕方ないことだと割り切ろう。五分、十分ほど行為を続け、「よっし、完了ー」と哀川さんは立ち上がった。

「生き返った生き返った」

「めっちゃ軽いですね……」

　死ぬとか生きるとか、殺すとか殺されるとか、そんなことですら、この人類最強にとっては仕切り直し、やり直しのきくものなのか。呆れるを通り越して虚しくなってきた。

　本当に――この人にとってはなんでもないのだろう。演技も嘘も、偽りも欺きも、何がどうだったところで、哀川潤には関係がない。関係あっても――意味はない。

　哀川さんは姫ちゃんを背中に負って、そして立ちあがる。

「ぼくが背負いましょうか？　潤さんだって疲れてるでしょう」

「……んにゃ」

　哀川さんは首を振る。

「これは、あたしの仕事だから」

　そして哀川さんは姫ちゃんを背負ったまま、廊下を行く。ぼくはその横を歩きながら、「でも、とりあえず一区切り、節目ですよね」と、確認するようにいう。

「もう学園には理事長も策師もいないし——あとはこの学校を脱出するだけ、ですよね」

「…………」

「なぜ三点リーダ四文字が返答なんです」

てる子さんの物真似だろうか。

　そんなの、ぼくにだってできるぞ。

「いや、一姫の奴な」哀川さんはぼくとは目を合わせずにいう。「中の生徒達にはうまく情報を操作、隠蔽してたみたいなんだけど、《外》に対しては何の細工もしてなかったみたいでさ。学園内で何か異常が起きてることを、知ってしまった連中もいるみたいなんだ」

「……どういう意味です」

「この学園のバックである神理楽《ルール》在職中の首吊高校ＯＧの面々。あ、それと檻神家の精鋭達。んでもって澄百合学園全国支部の皆さん」

「なんです、その不吉な名称群は」

「皆さん門の外に集まってましたとさ」

「……………………」

　だから……着替えからの到着が遅れたのか。

　ならばつまり、今は尚一層、状況が困難に……

「さーて。そんじゃ祭りの後始末だ。奴らが乗り込んでくる前に、こっちから正面切って威風堂々、国取り気取りで行進だ」

　哀川さんは面白そうにそういって、視界も定かでない、全然先が見えない廊下を歩き出す。悠々と、正に豪放磊落《らいらく》に、何の不安も感じていないように歩いていく。

「――笑わせてくれんよ」

ぼくはそんな人類最強の後ろを、ただ、戯言交じりのため息のように、ただただ、ただただついていくのだった。

幕後――鈴蘭の誉れ

人をモノのように扱うのと、モノを人のように扱うのと、どちらの方が狂っているかはともかく、どちらの方が迷惑かは明白ということで——その後の話は全部省略、しばらくが経過し。

　ぼくは京都市内のとある病院に入院していた。全治一週間。それがぼくの肉体に下された診断だった。どういう経過でこういう結果に至ったかは、あえて語るまい。一つだけいうなら、最弱が最強の側にいたいならば奪うだけでなくそれなりの代価を支払わねばならないということだ。骨の数本で済むのなら安い買い物なのだろうとも思う。来月の頭には玖渚とちょっとした旅行に行くことになっているので、それまでに退院できれば御の字だ。

　入院生活が退屈かといえば、別にそんなことはない。みいこさんから借りてた本はまだ読みかけだったし、そもそも、脚を伸ばして眠るだけのスペースがあれば、どこにいようとぼくはおんなじなのだから。そこが、まあ、異常な空間でさえなければ。

　哀川さんがぼくの病室を訪れたのは、翌日に退院を控えたそんな日のことだった。今回はノックはなかった。どうやら哀川さんの中でのノックブームは終わりを迎えたようだ。新調したのか、それとも同じデザインのものをいくつも持っているのか、例の真紅のスーツ姿だった。

「よーお、ご無沙汰のお待たー。呼ばれて飛び出てベートーベン！　おいおい個室かよ。金持ちなんだな、お前」

「他人と同じ部屋で寝るのが耐えられないだけですよ。自分の寝顔を知らない奴に見られるなんて、想像するだけで怖気が走りますね。いくらかお金はかかっちゃいますけど、仕方のないことでしょう」

「ふうん。そんなお前にちょー朗報だ」

と、哀川さんは無造作に、ベッドの上に封筒を投げ置いた。分厚い。中に何が入っているかなど、探るまでも訊くまでもない。

「一応、今回手伝ってくれた分のお手当てな」

「別にいりませんよ、お金なんて。姫ちゃんがあれじゃあ潤さんだって儲けもなかったんでしょうし、今回はロハでいいです」

「ストイックなことをいうねえ。けどこういうことはきちっとしとかねえと。金がないのは首がないのと同じっていうぜ？」

「首なんて、斬ろうが絞めようが吊るそうが、大したもんにゃなりませんよ。その言葉は、お金なんてのは然程必要じゃないって意味でしょう」

「はん。羊飼いめ」

軽くせせら笑って、哀川さんは見舞い客用のパイプ椅子に座る。どう考えても哀川さんは見舞いに来たわけではなさそうなのだけれど、まあ、だから座るなともいえない。

「でも手伝わせて何もなしってのは道義に反するからな。そうだなー。よし、じゃあひかりの声帯模写で喘《あえ》ぎ声をあげてやろう」

「やめてください」

「あっ、やん、やだっ！　そんなの！　もういじめないでっ！　やあっ駄目！　やめてったらっ！」

「お前がやめろ！」

「マジ切れかよ！」さすがに哀川さんも驚いた風に両手をあげる。「うわー、びっくりした。……悪かったよ。お前がそこまであいつを神聖視してるとは思わなかった……ごめんなさい。許してください。悪かったです」

謝る声が真姫《まき》さんだった。

さすがに心得てやがる。

「……それで、本当は何しにきたんです？」

「別に。来て欲しかったんじゃねーの？　お前って結局、何も知らないままに事態を終えたかんな。質問を受け付けに来てやったんだ」

「はあ……あんまヤバそうなことに対しては深入りも深追いもしない主義なんですけどね。じゃ、訊きますけど」ぼくは哀川さんの真意をつかめないままに、状況を開始する。「姫ちゃん、あれからどうなりました？」

「一番答えにくいことから訊いてくんのな、お前。あー。姫っちはよー」哀川さんは見舞い品のバスケットの中から勝手に林檎《りんご》を取り出し、皮もむかずにがぶりつく。「あのスタンガンがきいちまってな。記憶障害起こしちゃって、今秘密病院に入院中」

「はあ……」

「身体の方も結構ヤバくてな。元々無茶な教育受けてあちこちガタが来てたところにあのダメージだろ？　全身火傷《やけど》。特に《糸》が直接繋がってた指先がヤベえよ。あの手袋が七割まで絶縁物質で出来てたからいくらか緩和《かんわ》されてんだけど、それでも鉛筆は持ててても箸《はし》はもてないって感じ。知ってんだろ？　オームの法則、ジュールの法則」

「……結構、後遺症残っちゃうわけですね」

無傷で捕らえたいがための、スタンガンだったのに。それでも直《じか》に哀川さんを相手にするよりはずっとマシなのだろうけど。

「だからこそ、難しいとこなんだよな」哀川さんはいう。「記憶障害を起こしてるってことは、当然檻神ノアだのその他教員だの、あるいは萩原子荻だの西条玉藻だの、あの辺を殺したこと……それにひょっとしたら首吊高校のことすら、忘れてるかもしれねえってことなんだ。そして指先に障害が残ったってことは、それが治らない限り、もうあいつはジグザグは使えない。この意味、わかんだろ？」

一瞬、哀川さんはそのためにスタンガンの制限装置を外したのかもしれない、と思った。ジグザグそのものを忌まわしい記憶と共に、一時的に封印するために。それは物語的な感傷に過ぎないのかもしれないけれど。

「難しいよなあ。だからって、あいつのしたことがなくなるわけじゃない。殺された側はたまったもんじゃないしな。檻神家にしろ神理楽《ルール》にしろ、躍起《やっき》になってあの騒ぎの犯人を捜してるし」

　本人が忘れたところで罪が消えるわけがないし罰を受けなくて済むわけもない。何であれどういう理由であれ、責任は自分で取らなくちゃならない。それは当然のことだけれど。

「もしもこれであたしが《全部なかったこと》にして一姫を許したりしたら、お前に軽蔑されそうな気もするしな」

「意外なことをいいますね。潤さん、他人の視線が気になるんですか？」

「いや？　視線が他人のだったら、別に気にならねえよ」

　にやにやと、嫌な笑みを浮かべる哀川さん。なんだか知らないがからかわれているようだったので、ぼくは肩を竦《すく》めるだけにとどめ、質問を変える。

「結局どういう感じに落ち着いたんです？」

「首吊高校は実質廃校だ。一姫の望んだ通りにな。生徒達は……どうなるのかな。その辺はまだごたごたしてるみたいだけど。そんで、あたしら三人が犯人だとはまだバレてない」

　共犯にされちゃってるよ、ぼく。

「心配しなくとも色々手ぇ回してるし……檻神家の連中には恩売ってるからそっちは大丈夫。神理楽《ルール》の方は問題が残るけど……お前に迷惑がかかるようなことにはならないよ。けど一姫はな……誤魔化してやりてーけど、それでいいのかとも思うし」

「潤さんでも、迷うんですね」

「迷いたくなんかねーけどな。記憶は戻るかもしんないし、指だって治るかもしんない。あまり世話を焼き過ぎるのもよくないかも、とか思うしな。あいつが直接、殺人の隠匿を頼んできたんだとしたらともかくよ」

　それをしなかったのは——姫ちゃんが哀川さんを

信じ切れなかったからだろう。それは哀川さんのせいでもなく姫ちゃんのせいでもなく、ただの仕方がないことだ。ぼくと同じく、多分姫ちゃんも、人を信じるなんてことが、根本的にできないのだ。そいでいて尚、他人に頼ろうとするから——今回のような、中途半端な策を立ててしまい、結果、その策に溺れてしまう。怯えや恐れというより——それは見栄や憧《あこが》れなのかもしれないが。

「……でも、そもそも姫ちゃんはどうして、理事長を殺し……否、学園をなくしてしまおうなんて思ったんです？　大体、最初はどういう計画だったんですか？」

「その前に、一つ謝ろう」哀川さんは椅子の位置をぼくに近づけて、そして顔を寄せてきた。「最初に《詳しいことは一姫に聞け。あいつならうまく説明する》みたいなことをいったけどさ。ごめんね、あれは嘘だったんだ」

「……ですよね」

少し話せばわかる。姫ちゃんに、何かの事情をうまく説明することなどできるはずもない。嘘や演技があったのだとしても、それははっきりと断言できるだろう。

「姫ちゃん、かなり日本語不自由でしたし。あれで説明がうまいわけ、ないですよね」

「お前は細かい事情を知らない方がうまくやると思ってな。まさか一姫自身が積極的にお前を騙すとは思ってなかったし。……あいつが言葉の不自由な理由、なんて聞いてる？」

「えっと。アメリカ育ちっていってました」

「そっか。でも、違うんだよ」哀川さんはぼくのこめかみの辺りを、人差し指でつついた。「前頭葉。その言語野に後天的な障害がある」

「…………」

「前頭葉がどういう部位かは知ってるよな？　主に人格と自我、それに他者とのコミュニケーション能力を司る場所だ。一姫はそこんところを傷められててさ。だから言語が不自由になってる。そもそも認識できねえんだよ」

「認識……」

言語認識能力。

いや、名詞認識回路の方か。

「そういうわけで、あいつと会話しててもどっかずれちまう。日本人と中国人が韓国語で会話するような感じになって、どっかかみ合わないんだよ」

ジグザグな感じにな、と哀川さんは笑う。

「だから――一姫にいくら聞いても、正確な動機ってのはわからねーと思うぜ。意志の疎通《そつう》が、そもそも難しいんだから。あいつが何を思ってあんな行為に身をゆだねたのかは、永遠の謎さ」

「そんなの、誰だって同じでしょう」

意志を完全に疎通できるお互いなんて、ありえるものか。単純に、そう思い込めるかどうか、盲信できるかどうかという問題だ。

だろうな、と哀川さんは頷く。

「だから推測でいい加減なことを適当にいうとだな。最初からあいつは計算してたんだろうよ。このあたしを巻き込んでこのあたしを抱き込んで、このあたしを騙す形で、自分の計画に引き入れた。まずあいつは脱走騒ぎの前に、理事長と他の教員を始末した。……余談だけど、職員室の中からは大量の解体死体が発見されたよ。大よそ三十七人分」

「――――」

既に知っているとはいえ、改めて数字を出されると、それは絶句に値する。三十七人――子荻ちゃんと玉藻ちゃん、檻神ノアを合わせれば、四十人。先月の人間失格だって、その三分の一も殺していない。

正直な話、殺人の数が十人二十人を超えてしまうと、もう正常な価値判断は働かなくなる。いっそ逆に、あの閉じられた学園の中でそこまでやってのけた姫ちゃんに、感嘆の気持ちすらも湧いてくるくらいだった。不謹慎な話である。

理事長室という密室で一人。職員棟という密室で三十八人。そして——首吊高校という密室で、四十人、か。

閉じられた空間。外側からじゃ、中で何が起きているのかわからない。戦場だから——あそこは、閉じられた戦場だったから。

それはきっと、とてもとても簡単なお話。

密室は閉じられているからこその密室なのに、それが内向きに閉ざされているのか、外向きに閉じられているのかとで——こんなにも、違う。

だから、こんなことになり、あんなことをする。

その行為は、容認、できるのだろうか？

どうなんだい。欠陥製品。

「あいつのジグザグは元々対多数用の戦闘技術だしな。しかも基本的には殺人術じゃなくて拘束術だ。人間を縛るには縄よりも糸みたいなもんの方が効果的なんだよ。で、拘束して、チェーンソーでぶった切った。えーと、そんでだな。理事長の無線を専用回線で使って萩原に連絡を取り、《紫木一姫の脱走》を告げた。お前が侵入した段階で計画が露見してたのは、あいつがヘマしたせいじゃなく、あいつ自らバラしてたってわけだな」

「そこに哀川さんが来るはずだった」

「けど、あたしはまずお前を送り込んだ。一姫もその辺うまく応用したけど……結果、少し危ないとこだった。不意をつかれて捕まっちまったんだからな。お前の見ている前でジグザグ使うわけにもいかなかったし」

だから……姫ちゃんは教室に残ることを主張したのか。けれど拒否しようにも、既にぼくは行動を起こしてしまっていた。確かに姫ちゃんにとってぼくは計算外だったのだ。

「そしてあいつの予想通りにあたしは理事長に談判に行く……、お前がいなくてもこりゃ同じ展開だよな。バレてないならまだしも、既に逃走が明らかになってりゃ、あたしはノアんとこ向かっただろう。

はは、あいつ、よくあたしの腹ァ読んでやがる」

「姫ちゃんもある程度の声帯模写や読心術ができるってことですか」

「まあね。別にあたしの弟子ってわけじゃねーけど。そしてあたしと一緒に、ここが肝心なんだが、あたしと一緒に理事長を発見する。罪をなすりつけられた被害者を装ったってわけだ」

「けどそれも危険な小細工ですよね……」

「危険なほどよかったんだろうよ、一姫にしてみりゃ。教卓の下に隠れんのと一緒でさ。そうすればますますあたしはあいつを疑わない。殺され方がジグザグに似てるとは思ったけどね……似せることでのフェイクか。色々いらんこと考えてくれるよ」

「潤さんは《ジグザグ》を知ってたんですね」

「ああ。一姫がお前に隠したがってるみたいだから、いわなかったけど。切り札だってことを差し引いても、あんまり言いふらされたいことじゃないだろうし。けど、お前はどうしてあいつが曲絃師だって気付いたんだ？　西条の件はともかく理事長殺しに関しちゃ、犯人が曲絃師である必要はないのに」

「思考のピントが合ったんですよ。連鎖って奴ですかね。一つ気付くと全部気付くってのがぼくの性質らしくて。一は全、全は一、ですね。逆にいえば一つ気付くまでは何も気付かないってことなんですが……。とはいえ理由はあります。曲絃師でもないのにああもたくさん糸を持ってるなんて、やっぱ不自然だと。姫ちゃんは色々いって誤魔化してましたけどね。あの場を効果的に逃れるには……ぼくに気づかれないように玉藻ちゃんを殺すためには糸を使わざるを得なかったとはいえ……軽率でしたね」

　それはただ単に、ぼくが軽く見られていただけなのだろうけれど。それに関していえば、姫ちゃんの目に狂いはなかったといわざるを得ない。密室の真相、そこからの逆演算がなければ、ぼくが気付くことはなかっただろう。

「あと、やたらと子荻ちゃんが警戒していたことも一因ですね。子荻ちゃんの《策》、ただの落ちこぼれを相手にするには凝りすぎてた。物量にものをいわせない理由はなんだろう、とかね。それも当然、《ジグザグ》に人数であたるのは愚にもつかない悪策だったから」

「ふうん」

「それに……哀川潤を騙そうという人間がただの落ちこぼれじゃいかにもまずいじゃないですか。ぼく如き戯言遣いが人類最強の敵には回れないよう、ただの《紫木一姫》じゃ哀川潤の友達にはなれても敵にはなれない。そして残る登場人物枠で姫ちゃんが当てはまりそうな席は《ジグザグ》しかなかった」

そして——何より。

このぼくの周囲に、可愛くか弱く可哀想なだけの登場人物など存在するわけがないという、そんな確信がもっとも重要な手がかり。

「なるほどね。でもあいつが落ちこぼれってのは別に嘘じゃねーぜ。あいつ……その術以外に、何のとりえもなかったんだから」

「……潤さんが知ってるってことは勿論……ジグザグは学園に入学する前から習得していた技術ってこと……ですね」

「まあね。五年前の話さ。あたしの友達に曲絃師のなり損ないがいてな——そいつのニックネームが《ジグザグ》だったんよ。元々は蔑称《べっしょう》だったんだけどな。そいつと組んで、とある仕事をした。その際に助けたのが当時十二歳の紫木一姫……以来、一姫はあたしとそいつを慕《した》ってた。あたしはあんま、構ってやれなかったんだけどね……」

前頭葉への負傷というのも、その頃の話なのだろうか。けれどぼくがすべき質問はそれではなかった。すべき質問は、たった一つ。

「ひょっとしてその人、市井遊馬って名前じゃないですか？」

「うん？」哀川さんは意外そうに首をあげる。「知ってんのか？　そんな有名な奴じゃないんだけど」

「いえ……別に。で、その人が……」

「そ。あいつの師匠ってわけな」哀川さんはシニカルに笑う。「で、首吊学園の元教師だよ。そういう関係で、一姫は首吊高校の付属中学に入って、その後現在に至るわけだ。さて、話を戻すか。えーと、どこまで話したっけ。そうそう。一緒に疑われようって判断か。うん、扉を閉じていても、あたしなら無理矢理こじあけるだろうって予想もビンゴしたってわけだ。……全く、こそこそ策を立てるのが好きな奴だよ。その後はお前の方が詳しいだろうな。だから以下略だ」

「理事長殺しの犯人だと思われたくはなかった……とはいえその前に教員を山ほど殺した分は？」

「理事長殺しの犯人でないのなら、他の殺人も違うだろう、って、あたしがそう考えると思ってたんだろ。けどさすがにありゃやり過ぎだな。お前と一姫がいなくなってからしょーがねーから探してやろうとあたしもあの部屋出たんだけどよ、ちょっと職員室に挨拶しとこうと下の階行ってみりゃ……はん。首吊高校がいくら異常だとはいえ——個人であんな真似ができるのは、紫木一姫しかいない」

　そこが——露見したポイントか。疑惑ではなく信頼でこそ、露見してしまった。けれど、だからといって教員達を生かしておくわけにもいかなかっただろうし。ならば姫ちゃんの策は最初から破綻していたともいえるわけだ。

　……いや。

　きっと、違う。哀川さんはきっと——廊下で、ぼくと姫ちゃんとの会話を聞くまで本当の意味では真相に気付いていなかった。本人がどう考えているかはともかく、ぼくは、そうだったと思う。

　この人は、そういう人だ。

「しかし密室にしろ何にしろ、隠蔽《いんぺい》性があるとも思えないですけどね。潤さん以外には」

「だからあたしさえ騙《だま》くらかせりゃよかったんだろ。でねーとお前殺そうとする理由なんか……ああ、あるか。お前むかつくもんな」

「……けど、そもそも潤さんを学園に呼ばなければ、露見のしようもなかったはずなんですけどね。バレるかもしれない秘密を持つよりは確実に騙す方を選ぶ……それも《策を弄して策に溺れる》ってことなんでしょうか」

「つーかな。昔、約束したんだよ、あいつと。市井の弟子になるときにな。ジグザグを人殺しには使わないってさ」

「けど、あの技は……ああ。元々拘束用の護身術、でしたか」

だから潤さんにだけは隠そうとした……。それだけじゃないだろうけれど、それも理由の一端を担っていそうだ。殺人の動機みたいなものは、様々な糸が複雑にもつれあっていて、それを言葉で説明するのは難しいのだろうけれど……その内一本は姫ちゃんの師匠、市井遊馬のもので、そして一本は、哀川潤だったということだけは、断定できそうだ。

「でも学園はそれを許さなかった……ていうかそもそもそんな学校入るなよって感じなんだけどな。死んだ奴のことなんかいい加減吹っ切れっての……ばかなガキ」

市井遊馬は——いや、予想していたけれど。

「ま、理事長のこととか市井のこととか、そういうとこ思えばわかんねーでもないけどな。——いや、やっぱわかんねーかな」

「でも——いっちゃなんですけど、潤さん、甘過ぎですよ。何のための読心術なんですか。後から考えてみりゃ、あの密室の件といい、こんなの姫ちゃん以外の仕業じゃありえないんですから——」

「お前もすぐには気付かなかっただろうが」

「ぼくのはただの無能ですよ」

というかそもそも、ぼくにしてみれば謎解きなんかしてられる状況じゃなかったのだけれど。

「はん。前田慶次郎利益じゃねーけど、あたしは疑って安全を保つよりは信じて裏切られるって方が気持ちいいんだよ」

　不敵に笑う哀川さんには、まるっきり反省の色が見えなかった。後悔すらしていないようだし、うん、傷ついてすらいない。

「――潤さん、本当に思うところないんですか？」

「ねえよ。あたしが一姫を好きなのと、一姫の行為とは関係ねーもん。はは、だからいーたんが裏切りかけたことだって、別に怒ってないよん」

　バレてるし。

「でもお前も調子いいよなー。殺されそうになったら一姫のことたらしこもうとするんだもんなー。何がぼくのところにくればいいだよ。お前その五分前に裏切っててんじゃねえか」

　バレバレてるし。

「裏切った、つもりはないんですけどね……」

　……結局のところ哀川さんの《身内に対する甘さ》というのは世界に対する過大評価なのだろう。自身が最優秀であるがゆえに、ぼくや姫ちゃんの弱さ、みたいなものが理解できない。理解できてもそれと和解することをよしとしないのだ。

「あたしが甘いかどうかはともかく、あいつの気持ちは肯定できないじゃないさ。あんな殺人教育機関にいたんじゃ、誰だってああなる。ああいうことをしようと思う。そして一姫にはそれをするだけの実力があった。そんだけさ」

「実力ですか……」

「あいつの妙に育ちの悪い身体見りゃ、あいつがどんな風に生きてきたかわかるだろ？　体重なんて三十キロないんだぜ？　玖渚ちゃんを知ってるお前には、よくわかんだろうが。一姫と玖渚ちゃんとじゃ、事情は少々違うがな」

「…………」

「だからって別に同情しろとかいってんじゃねーぜ。でも、お前の自分勝手な同属嫌悪で、あんま責めてやんなよ」

「責めるつもりなんて少しもないですよ。今回は完全に無欠で他人事ですからね。ぼくを巻き込みさえしなけりゃ、誰が何やったって知ったことじゃありませんよ」

「そりゃよかった」

どの道姫ちゃんは……あそこから独力で逃げ出すことはできなかったのだろう。ジグザグは確かに有用な技術ではあるが、基本的には受身の技だ。子荻ちゃんをやったときのように罠を張って待つのでなければ、普通のナイフを使っているのと何も変わらない。不意打ちでさえなければ哀川さんでなくとも回避は可能だ。だから——そう、それは哀川さんの戦術と同じ——まずは核を叩いた。そこにはいくらかのルサンチマンもあったのだろうが。教員を皆殺しにし、そこから哀川さんの手を借りて……

「いや……、それだと辻褄が合いませんね。ただ単に脱出したいだけなら、やっぱり潤さんに任せておけばよかったんですから。それで十分事足りたはずだ。殺したかったってのが、やはり一番の目的だったんですかね。その師匠って人の死が理事長交代の件と関係あるんだったら、そもそも殺す腹で入学したってこともありえますね」

「関係ねーってことはないけど……そりゃいくらなんでも考え過ぎだと思うけどね——」

殺すだけなら、姫ちゃん一人で十分だ。だけど殺した後の逃走には哀川さんの協力が必要だった。哀川さんに殺人からの逃亡を協力してもらい、かつ、その哀川さんには殺人を看破されないように。完全に矛盾したジグザグな計画だけれど——とにかく、それが姫ちゃんの策戦の全容だったのか。

「あるいは逆に、殺したことを、あたしに見抜いて欲しかったのかもしれねーな」哀川さんはいう。「懺悔っつーか、そんな感じだったんじゃねーの？　馬鹿くせえけど」

ああ……それが一番、ありそうだ。目的を全て果たし、その上で哀川さんに裁かれる。それは、ぼくみたいな人間からしても、捨てがたいくらいに魅力的な話だった。どうせ殺されるのならば——より強大な存在に。

　万策尽きたがゆえの錯望。

　友達を選べなかったぼくらだから、せめて、自分を滅ぼす敵だけは選びたかった。

「元々露見させるつもりで騙した……しかしそれじゃああまりに無責任が過ぎますよ」

「責任ねえ……変な言葉だな」

「ええ。よく、わかりませんね」

「ああ。よく、わからねえ。ひょっとすると、ただ単に、あたしと一緒に遊びたかっただけかもしんねーな。最後の最後に、さ」

　最後の最後……か。

　元々生き残るつもりも、隠し通すつもりもなかった……そんな風には思えないけれど、それは思えないだけかもしれない。ぼくには最後まで姫ちゃんの気持ちが理解できなかったのだから。今をしてまだ《あいつ》の気持ちを理解できていないのと、同じように。

　——考えるだけ無駄な話だ。

　敗北者の歴史は、いつだって語られない。

　戦士は戦死、策師は錯死。

　そして曲絃師は極限死。

　結局。

　姫ちゃんは《あいつ》の代用品にはならなかった。それだけは確かなようだった。玖渚友は——あの程度じゃや、壊れなかったから。

「まあこんだけ仮説あげりゃ、どれか一つはあたってんだろうよ」

　そして病室にしばし、沈黙が訪れる。哀川さんは林檎を芯《しん》まで食べきってしまい、再度バスケットに手を伸ばす。

「ん——お前こんなもん喰うのか?」

　哀川さんがバスケットから取り出したのは丁度《ちょうど》林檎と同じくらいの大きさの、5×5×5のルービックキューブだった。

「いえ、それは玖渚が見舞いに来たとき置いてった遊び道具です。ぼくじゃどうやっても解けないんで、そこに置いてあるだけですよ」

「あいつ見舞いにきたんか？　あいつって自宅以外じゃ一人で階段使えないんだろ？」

「《ひーちゃん》とかいう昔の友達とやらにつれてきてもらったそうです」

「あ、だからいーたん機嫌悪げなのね……」

喋りながら、哀川さんは手元も見ないままでキューブを全面完成させてしまい、果物籠《くだものかご》に戻した。それから「それにしても」という。そのやる気のなさそうな態度から、いよいよ本題に入るのだと知り、ぼくは身構えた。

「今回でつくづく、あたしはお前の特有性質って奴を理解したよ」

「ぼくの性質ですか？　子荻ちゃんは《無為式》とか呼んでましたけどね」

「ああ……そうだな。実際、あたしはちょっとだけ後悔してるんだ。お前を今回の件に巻き込んじまったのは失敗だったかもしれないってな。そうだろう？　お前がいなきゃ少なくとも萩原子荻と西条玉藻は死ななかった。一姫は自分と同じ境遇である《生徒》を、なるだけ殺したがらなかったんだかんな。《教員》は、望んでそこにいるけれど——《生徒》には、他に選択肢がなかったんだから」

子荻ちゃんは、《自分にこれ以上に相応しい場所があるか》みたいなことをいっていたが——断言してもいい。きっと、あっただろう。子荻ちゃんや玉藻ちゃんがそれを知らなかっただけで。他に目的も理由も見つけられなかっただけで。ぼくには、それを教えてあげることができなかっただけで。

「でも二人が死んだのはぼくのせいってのはいい過ぎですよ。関係ないじゃないですか」

「お前の周りでは常に災厄が生じ、お前の周りでは常に人が死ぬ。お前はな——なんていうか、他人を落ち着かない気分にさせるんだよ。不安にさせるんだ。だから、周囲の人間は普段と違う状態を強いられ——結果、隙ができる。だからこそ今回あたしはお前を起用したんだけれど——その性質は敵味方を問わない。一姫だって、巻き込まれてしまった。一姫が玉藻を殺したのはお前の安全を図るためだし、子荻を殺したのも、《真相を知られたから》というよりは、自分を逃がして敵の策師に捕らわれてしまい、その上子荻に詰め寄られていたお前を助けるためだった——とした方が妥当じゃねえか？　一姫が犯罪を隠したかったのは仲間《あたし》に対してだけなんだし、密室だろうがなんだろうが、死体が見つかればどうせ自分が疑われるんだからよ」

「……なるほど。そういう見方も、ありますね」

「ただそこにいるだけで他人を動揺させる、ただそこにいるだけで自分を見失わせる人間……そういう奴は結構いる。側にいられるとなんとなく落ち着かない、苛つく、いつも通りにいかない……。そういう奴については、一応心理学上説明がついている。要するに《欠点》。観測する者と欠けている形が似ているから、自分の欠点を指摘された気分になって、心が揺れるんだってよ。それを恋心と判断する奴もいるし敵意と判断する奴もいる。前者は傷の舐め合い、後者は同属嫌悪だな。お前はそれのハイエンド級さ。おまえ自身《そのもの》は無個性で誰とも似ていないけれど——欠けている部分があまりにも多過ぎる。だから誰にでも似ている。それが他人の無意識を刺激する、ゆえに無為式。そしてお前はその上でうまく立ち回る。受けて立たずに受け流し迎え討たずに迎合する。他人をやり過ごしひら躱し避けいなす。戯言を弄して他人から逃げる逃れる逃亡する。そこにいられると落ち着かないのに——周囲の誰も、お前に触れることができないんだ。幽霊か悪魔がそばにいんのと大してかわんねーぜ。だから、お前の周囲では歯車が狂い、スイッチが入ってしまう。四月の件にしろ、五月の件にしろ、な」

「子荻ちゃんにもいいましたけどね……過大評価で

すよ」ぼくはゆるゆると首を振る。「ぼくはそんな大したもんじゃありません。わけもわからずに右往左往してるだけです」

「救いがあるとすれば……」

ぼくの釈明には構わず、哀川さんは話を続ける。

「お前に目的がないってことだよな。あたしは正直な話、少し怖いよ。お前が何らかの指向性を持ったとき……どこかに向いちまったとき、一体どんなことをやってのけんのか。その際にお前の影響を受けずに済むのは、零崎くんみたくお前と全く同一な奴だけなんだろうしな。少しでもお前とズレてたら……例外なく全員、狂う。今までとは比べ物にならないレベルで、お前は周囲を巻き込み、事故を頻発させ続けるだろう」

そう——それはかつて。

玖渚友を壊したときのように。

「なんだか、ホラー小説みたいですね」

茶化すぼくに哀川さんは表情を変えず——

くいっと、指を上げ。

「——だから、今の内にお前を殺しておくのも悪くない案と思ってるよ」

そういって、ついっと、指を下げた。

「————」

何も——起こらなかった。

何も、起こらなかった。

「……冗談、きついですよ」

「冗談？　冗談だって？」

哀川さんは大袈裟に驚いたようにして。

「勿論、そうだな。それを望む」

「………」

「はは。大体、お前がいなくなったら、誰があたしに突っ込み入れてくれるんだよ」

そしてシニカルに「ほんじゃまあ、帰るわ」と立ち上がり、椅子を折りたたんで元の位置に戻す。行き掛けの駄賃とばかり林檎をもう一つ手に取って、

「また縁の糸が絡むことがあればな。てめえの未来

にとびっきりいかした不幸と、みじめったらしい幸福とを」

　病室から出て行こうとした。

　その背に、ぼくは最後の質問をする。

「姫ちゃんは——」

「うん？　一姫がどうした？」

「どうして、ぼくのことをあんな風に呼んでたんですかね？」

「そんなの簡単だろ。それともお前」哀川さんは逆に訊き返してきた。「どうしてあいつがお前に対してジグザグを隠していたのか、わかんねーのか？　メンタル問題を別にすれば自分が曲絃師だって知られたところで何の不都合もないのに、ギリギリまでただの落ちこぼれぶってた、その理由の本当がわかんねーのかな？」

「……わかりませんよ」自分から質問しておきながら、ぼくは俯いて、哀川さんから目をそらす。「ぼくに軽んじておいて欲しかったんじゃないですか？　頭の弱い女子高生のふりをしておけば、警戒されないだろうって」

「ちげーよ、ばーか。はん、要するに重ねちまったんだろ。誰にも似てなく誰にでも似ている誰かさん。投影しちまったんだよ——」哀川さんは意地悪く笑う。「お前があいつに玖渚友を投影したのと同じにさ。見事なまでのすれ違いっぷりだったけどな」

　ぼくが姫ちゃんに玖渚を見たように。

　姫ちゃんはぼくに、何かを見たのか。

「……。姫ちゃんとは、また、会えますかね？」

「安心しろ。嫌応でもすぐに会わせてやんよ」

　そうして、請負人はぼくの視界から消えていった。いつものように、最後の最後でぼくの心を散惨かき乱して、消えていった。解決した謎を更に解決するような真似こそしなかったものの、今回は新たに色々と気がかりを残して行ってくれた。

　全く……思わせぶりの皇女様、意味深の女帝、仄《ほの》めかしの女王陛下。よくもまああれだけ、あることないこと、伏線《フラグ》を張りっぱなしにしてくれるもんだ。大体、玉藻ちゃんの件はともかく、子荻ちゃんが殺されたのは哀川さんがお色直しなんかしてたからじゃないのか、とも指摘しておきたい。

「個性がないってのは要するに何とでも言えるってことか……。どいつもこいつもぼくに期待し過ぎなんだよ……勘弁してくれよな」

ぼくなんて、少しよく喋るだけの妄想力に欠けた根暗な十九歳に過ぎないというのに。

そんなことを考えていると、哀川さんと入れ替わるように、担当の看護婦さんが食事のトレイを持って病室に入ってくる。どうやら哀川さん、看護婦さんの気配を察して立ち去ることにしたらしい。忍《しのび》の者みたいな人だ。

「今この部屋から出て行った新手のスタンド使いみたいなファッションセンスした格好いい美人、何奴？　いーいーの見舞い客？」

看護婦さんがドアの方を振り返りながら興味津々《しんしん》とばかりにぼくに訊いてくる。

「いーいーのお姉さん？　従姉《いとこ》？」

親戚説が有力なようだった。

「……ああ、彼女ですよ彼女」

「えー？」

あからさまに疑われてしまった。

「いや、向こうがぼくにベタ惚《ぼ》れでしてね。本当困りますよ、こんなところにまで押しかけてきて。入院中くらい一人になりたいもんですからね」

「はいはい。そうデスーか」

明らかに信じてない看護婦さんだった。

「ああ見えて二人っきりになるとすごいんですよ、彼女は。もー何でもいうこときいてくれるんですから」

「へいへいそうですにょー。あやかりたいですにょー。いーいー、もてもてなんですにょー」

そんなことをいいながらテーブルの上にプラスチ

ックの皿を並べる看護婦さん。

「らぶ〜♪　らぶらぶ〜♪」

　この病院、何が目的でこんな個性的な看護婦をやとってやがるんだ。なんかむかついてきたので（それ以上に虚しくなってしまったので）、話題を変えることにする。

「看護婦さん、推理小説とか読みます？」

「看護師よん」訂正《デバッグ》された。そんなの策師か策士かの違いみたいなもんだろうのに、細かい人だ。「まあ読むけど、それがどうかドゥーイング？」

「クイズです」ぼくは哀川さんが残していった封筒を手にとって、中身を確認しつつ、看護婦さんにいう。「とあるところにとある部屋があります。部屋の鍵は掌紋チェッカーによるＩＤ方式になっていて、部屋の持ち主でないと外側からでは施錠も解錠もできません。さて、ある日、あなたと、あなたの友達二人、合わせて三人で、その部屋を訪れました。ドアが閉まっていて開かなかったのでこじ開けてみると、バラバラに解体された部屋の持ち主の死体が発見されました」

「ああ、密室殺人だね。懐かしい」看護婦さんは微笑《ほほえ》む。「掌紋だなんて……ルパンみたい」

「さて、犯人はいかなる手段を用いて、この不可能をなしとげたのでしょう？」

「えーとね。あ、わかった。簡単簡単」看護婦さんは食事の準備をおえてから、ぼくに向く。「部屋の中で被害者をバラバラにして、それでバラバラにした部品の内片方の手首だけ持って外に出て、その掌紋で鍵を締めたんでしょう？　全身を解体したのはカムフラージュで、本当は手首だけ切り取りたかったのよさ。要するに《部屋の鍵》は掌だけなわけだし、死んだ直後なら生体反応は残ってるしね。にゃはは、猫の手でも刈りたい、なんつって」

「…………」

「目の前に解体死体なんてあったら動転しちゃって、部品が一つくらい足りなくても気付かないもんね。そうだ。だから三人の発見者の内の誰か一人が犯人なのよ。きっと一番最後に部屋に入った奴ね。それまではポシェットか何かにでも隠しておいて、死体を発見して他の二人が驚いてる隙にその手首を部屋の隅にでも置いとくわけ。わ。チャラいトリックざますわね」

「…………」

看護婦さんの解答を聞きながら——ぼくは封筒の中身に見入っていた。大量の札束と——それから、一葉の写真。それは、多分、姫ちゃんがぼくの服から構内図を抜き取ったときに、一緒に回収してしまったのだろう、あの写真だった。

姫ちゃんが嘘偽りなく笑っている、あの写真。

《すぐに会わせてやんよ——》

なるほど、請負人。

さすがに——心得てやがる。

粋な真似をしてくれるじゃないか。

姫ちゃんがどういう気持ちでこの写真をぼくから抜き取ったのかは、わからない。わからないけど、わかる気もする。これはいうなら思い出だ。哀川さんと姫ちゃんとが出会った頃の、思い出。決してあやふやにはなりえない——未来とは全く性質を別にする、過去という名の思い出だ。

「んー？　これこれ、人がつまんねークイズに答えてやってんのに何写真なんか入れ喰うように見てんのよ、いーいー。何それ。彼女？」

「こっちは彼女に見えますか……」ぼくは一体この看護婦からどんな目で見られているんだ。「違いますよ。これはただの……友達です」

「その割には随分いとーしそうに見てたですにゃー。娘か弟子でも見てる視線でしたわよ」

「そうですか？　……かもしんないですね」

姫ちゃんがこれをぼくから奪ったことだけは、犯罪と殺人、どちらにもかかわりのない純粋な偽詐だ。まるっきり悪意のない作為。姫ちゃん自身がこれを欲しいと思い、ぼくから奪ったのだろう。ならば姫ちゃんは、この写真を取り戻しに、再度、ぼくの前に現れざるをえないのだろう。姫ちゃんが今どこで何をしているのかは知らないけれど――そしてこれから、哀川さんが姫ちゃんをどうするつもりなのか知らないけれど……その程度の確率になら、騙されたと思って諦めてみるのも悪くない。

姫ちゃんはあいつの代わりにはならないけれど――まあ、それならそれで、姫ちゃんには色々と教えてやりたいこともある。

そう、たとえば、戯言の使い方でも。

姫ちゃんにはぼくのような――反面教師が必要だろうから。

「ふうん。あっそう。まーそんなのどーでもいいや。クイズの答はどうなのよさ？　これで正解でしょう？　ねえ、いーいー、答えなさいよ」

看護婦さんが覗き込むようにして訊いてくる。ぼくはあしらうように邪険に手を振って、それに答える。勿論、答の正否なんていうまでもないのだが。

この程度のクイズが解けないお人よしはいかに世界広大といえど――

まあ、一人くらいしかいないだろうから。

人類最強で、お人よし。

「大間違いですよ。友達を疑うなんて、あなた、ひどい人ですね」

「大嘘つき」

「まあね」

《ZigZag Highschool》is the END.

アトガキ――

「言葉遊びが好きなんですねー」といわれて「何を失敬な！　人が命懸けでやってることを遊びとはなんだ遊びとは！」と切り返す人がいたとすればその人はかなりの奇人ですが、しかしそういうのを差し引いてみても他人の志というのは理解しがたいものがあります。志という言葉が大袈裟でしたらこだわりとか執心とか色々言い換えられますけれど、とにかく収斂させていえば個人個人の思想。個人で思い想ってる分には勝手なんですけれど、前述の彼のように他人に押し付け始めたらさあ大変です。大迷惑です。というか人間、多かれ少なかれそういう面があるようで、なんというのか自分と同じものを作らせたがり、自分の意見を広めたがり、他人を自分と同じにしたがります。生殖活動も自己の遺伝子を後世に残そうという本能ですし、音楽や絵画の芸術活動なんかその極みです。《威風堂々》ばかり聞いていると自分の一部がエルガーになってしまいます。ぼーっとしてるときに目の前にひまわりが見えてくるようでしたら、それはゴッホの思う壺です。あるいは精神が社会的にピンチです。

世の中には色んな人がいて色んな意見があるといいますが、実際そんなことはなく、数えてみれば三つか四つくらいなもんです。その数少ない思想の中で「俺はA思想のレベル5」「私はB思想のバージョン2.6」とか言い争っているわけで、辿っていけばどんなものにも源流があって、案外その源流の方が簡潔に「ビシッ」と決まってる感があります。円周率なんて3でいいでしょってなもんです。3.1と3.14と3.141の違いはなんだろうってな具合です。源流に本人的工夫を加えいじくって「これは自分のオリジナル」と主張するんですが、結果ややこしく難解になってしまうと。無論難解な方が好まれることもあり、それは悪いことでもなんでもありません。つまり生物としての多様性であり多細胞生物の宿命なんですが、けどなんかゾウリムシに負けてないですか。奴ら、平気でのうのうと生きてますよ。

本書《クビツリハイスクール》には何のテーマもありません。掛け値なく何の主張もない無為無想の物語。思想も思考も死闘すらも存在せず、戯言遣いを名乗る詐欺師が一から十まで、自分にとって都合のいい理屈を矛盾だらけに並べ述べるだけです。肯定しては否定し、逃走しては投降し、尊敬しては恨傾する。戯言遣いが教師となって他人に教えることなど何もありません。でもそもそも、「教える」と「学ぶ」は対義語じゃないですしね。

本書の出版にあたって前二作同様、編集担当太田克史様、イラスト担当竹さんを筆頭に、様々な方々にご迷惑をかけ、同時にお世話になりました。勿論これからもどんどんお世話になっていく所存ですので、せめて迷惑はかけないように心がけたいと思います。それでは。

西尾維新

N.D.C.913　198p　18cm

クビツリハイスクール　戯言遣《ざれごとづか》いの弟子《でし》

二〇〇二年八月五日　第一刷発行　二〇〇六年十二月十一日　第二十三刷発行

定価はカバーに表示してあります

KODANSHA NOVELS

著者—西尾維新《にしおいしん》

発行者—野間佐和子

発行所—株式会社講談社

東京都文京区音羽二-一二-二一
郵便番号一一二-八〇〇一

編集部〇三-五三九五-三五〇六
販売部〇三-五三九五-五八一七
業務部〇三-五三九五-三六一五

印刷所—豊国印刷株式会社　製本所—株式会社国宝社

ISBN4-06-182267-5

21世紀に放たれた70年代ヒーロー！
十四歳、ルシフェル　中島 望

人造人間″ルシフェル″シリーズ
地獄変　中島 望

著者初のミステリー
クラムボン殺し　中島 望

霊感探偵登場！
九頭龍神社殺人事件　天使の代理人　中村うさぎ

これぞ″新伝綺″！
空《から》の境界（上）　奈須きのこ

これぞ″新伝綺″！
空の境界（下）　奈須きのこ

妖気漂う新本格推理の傑作
地獄の奇術師　二階堂黎人《にかいどうれいと》

人智を超えた新探偵小説
聖アウスラ修道院の惨劇　二階堂黎人

著者初の中短篇傑作選
ユリ迷宮　二階堂黎人

会心の推理傑作集！
バラ迷宮　二階堂蘭子推理集　二階堂黎人

恐怖が氷結する書下ろし新本格推理
人狼城の恐怖　第一部ドイツ編　二階堂黎人

蘭子シリーズ最大長編
人狼城の恐怖　第二部フランス編　二階堂黎人

悪魔的史上最大のミステリ
人狼城の恐怖　第三部探偵編　二階堂黎人

世界最長の本格推理小説
人狼城の恐怖　第四部完結編　二階堂黎人

新本格作品集
名探偵の肖像　二階堂黎人

正調「怪人対名探偵」
悪魔のラビリンス　二階堂黎人

世紀の大犯罪者VS.美貌の女探偵！
魔術王事件　二階堂黎人

宇宙を舞台にした壮大な本格ミステリー
聖域の殺戮　二階堂黎人

第23回メフィスト賞受賞作
クビキリサイクル　西尾維新

新青春エンタの傑作
クビシメロマンチスト　西尾維新

維新を読まずに何を読む！
クビツリハイスクール　西尾維新

〈戯言シリーズ〉最大傑作
サイコロジカル（上）　西尾維新

〈戯言シリーズ〉最大傑作
サイコロジカル（下）　西尾維新

白熱の新青春エンタ！
ヒトクイマジカル　西尾維新

大人気〈戯言シリーズ〉クライマックス！
ネコソギラジカル（上）　十三階段　西尾維新

大人気〈戯言シリーズ〉クライマックス！
ネコソギラジカル（中）　赤き征裁VS.橙なる種　西尾維新

大人気〈戯言シリーズ〉クライマックス！
ネコソギラジカル（下）　青色サヴァンと戯言遣い　西尾維新

JDCトリビュート第一弾
ダブルダウン勘繰郎《かんぐろう》　西尾維新

維新、全開！
きみとぼくの壊れた世界　西尾維新

新青春エンタの最前線がここにある！
零崎双識の人間試験　西尾維新

KODANSHA NOVELS 講談社ノベルス

究極のフーダニット
被害者は誰？ 貫井徳郎

あの名探偵がついにカムバック！
法月綸太郎の新冒険 法月綸太郎《のりづきりんたろう》

「本格」の嫡子が放つ最新作！
法月綸太郎の功績 法月綸太郎

噂の新本格ジュヴナイル作家、登場！
少年名探偵 虹北恭助《こうほくきょうすけ》の冒険 はやみねかおる

はやみねかおる入魂の少年「新本格」！
少年名探偵 虹北恭助の新冒険 はやみねかおる

はやみねかおる入魂の少年「新本格」！
少年名探偵 虹北恭助の新・新冒険 はやみねかおる

はやみねかおる入魂の少年「新本格」！
少年名探偵 虹北恭助のハイスクール☆アドベンチャー はやみねかおる

書下ろし本格推理・トリック＆真犯人
十字屋敷のピエロ 東野圭吾

書下ろし渾身の本格推理
宿命 東野圭吾

フェアかアンフェアか!? 異色作
ある閉ざされた雪の山荘で 東野圭吾

異色サスペンス
変身 東野圭吾

究極の犯人当てミステリー
どちらかが彼女を殺した 東野圭吾

未曾有のクライシス・サスペンス
天空の蜂 東野圭吾

名探偵・天下一大五郎登場！
名探偵の掟 東野圭吾

これぞ究極のフーダニット！
私が彼を殺した 東野圭吾

『秘密』『白夜行』へ至る東野作品の分岐点！
悪意 東野圭吾

純粋本格ミステリ
密室ロジック 氷川 透

〝法医学教室奇談〟シリーズ
暁天の星 鬼籍通覧 椹野道流《ふしのみちる》

〝法医学教室奇談〟シリーズ
無明の闇 鬼籍通覧 椹野道流

〝法医学教室奇談〟シリーズ
壺中の天 鬼籍通覧 椹野道流

〝法医学教室奇談〟シリーズ
隻手の声 鬼籍通覧 椹野道流

〝法医学教室奇談〟シリーズ
禅定《ぜんじょう》の弓 鬼籍通覧 椹野道流

本格ミステリの精髄！
本格ミステリ02 本格ミステリ作家クラブ・編

2003年本格短編ベスト・セレクション
本格ミステリ03 本格ミステリ作家クラブ・編

2004年本格短編ベスト・セレクション
本格ミステリ04 本格ミステリ作家クラブ・編

2005年本格短編ベスト・セレクション
本格ミステリ05 本格ミステリ作家クラブ・編

2006年本格短編ベスト・セレクション
本格ミステリ06 本格ミステリ作家クラブ・編

第19回メフィスト賞受賞作
煙か土か食い物 舞城王太郎《まいじょうおうたろう》

いまもっとも危険な〝小説〟！
暗闇の中で子供 舞城王太郎

ボーイミーツガール・ミステリー
世界は密室でできている。 舞城王太郎

KODANSHA NOVELS 講談社ノベルス

舞城王太郎のすべてが炸裂する!
九十九十九《ツクモジュウク》　舞城王太郎

第一短編集待望のノベルス化!
熊の場所　舞城王太郎

あなたを駆け抜ける圧倒的スピード感
山ん中の獅見朋成雄《シミトモナルオ》　舞城王太郎

舞城王太郎が放つ、正真正銘の「恋愛小説」
好き好き大好き超愛してる。　舞城王太郎

殺戮の女神が君臨する!
黒娘　アウトサイダー・フィメール　牧野　修

非情の超絶推理
木製の王子　麻耶雄嵩《まやゆたか》

本格ミステリの巨大伽藍
作者不詳　ミステリ作家の読む本　三津田信三

衝撃の遺体消失ホラー
蛇棺葬　三津田信三

身体が凍るほどの怪異!
百蛇堂　怪談作家の語る話　三津田信三

本格ミステリーと民俗ホラーの奇跡的融合
凶鳥の如き忌むもの　三津田信三

本格民俗学ミステリ
吸血鬼の壜詰【第四赤口の会】　物集高音《もずめたかね》

本格の精髄
すべてがFになる　森　博嗣

硬質かつ純粋なる本格ミステリ
冷たい密室と博士たち　森　博嗣

純白な論理ミステリ
笑わない数学者　森　博嗣

清冽な論理ミステリ
詩的私的ジャック　森　博嗣

論理の美しさ
封印再度　森　博嗣

ミステリィ珠玉集
まどろみ消去　森　博嗣

森ミステリィのイリュージョン
幻惑の死と使途　森　博嗣

繊細なる森ミステリィの冴え
夏のレプリカ　森　博嗣

清冽なる衝撃、これぞ森ミステリィ
今はもうない　森　博嗣

多彩にして純粋な森ミステリィの冴え
数奇にして模型　森　博嗣

最高潮!　森ミステリィ
有限と微小のパン　森　博嗣

森ミステリィの現在、そして未来。
地球儀のスライス　森　博嗣

森ミステリィの華麗なる新展開
黒猫の三角　森　博嗣

冷たく優しい森マジック
人形式モナリザ　森　博嗣

森ミステリィの華麗なる展開
月は幽咽《ゆうえつ》のデバイス　森　博嗣

森ミステリィ、七色の魔球
夢・出逢い・魔性　森　博嗣

驚愕の空中密室
魔剣天翔　森　博嗣

森ミステリィの煌き
今夜はパラシュート博物館へ　森　博嗣

豪華絢爛　森ミステリィ
恋恋蓮歩の演習　森　博嗣

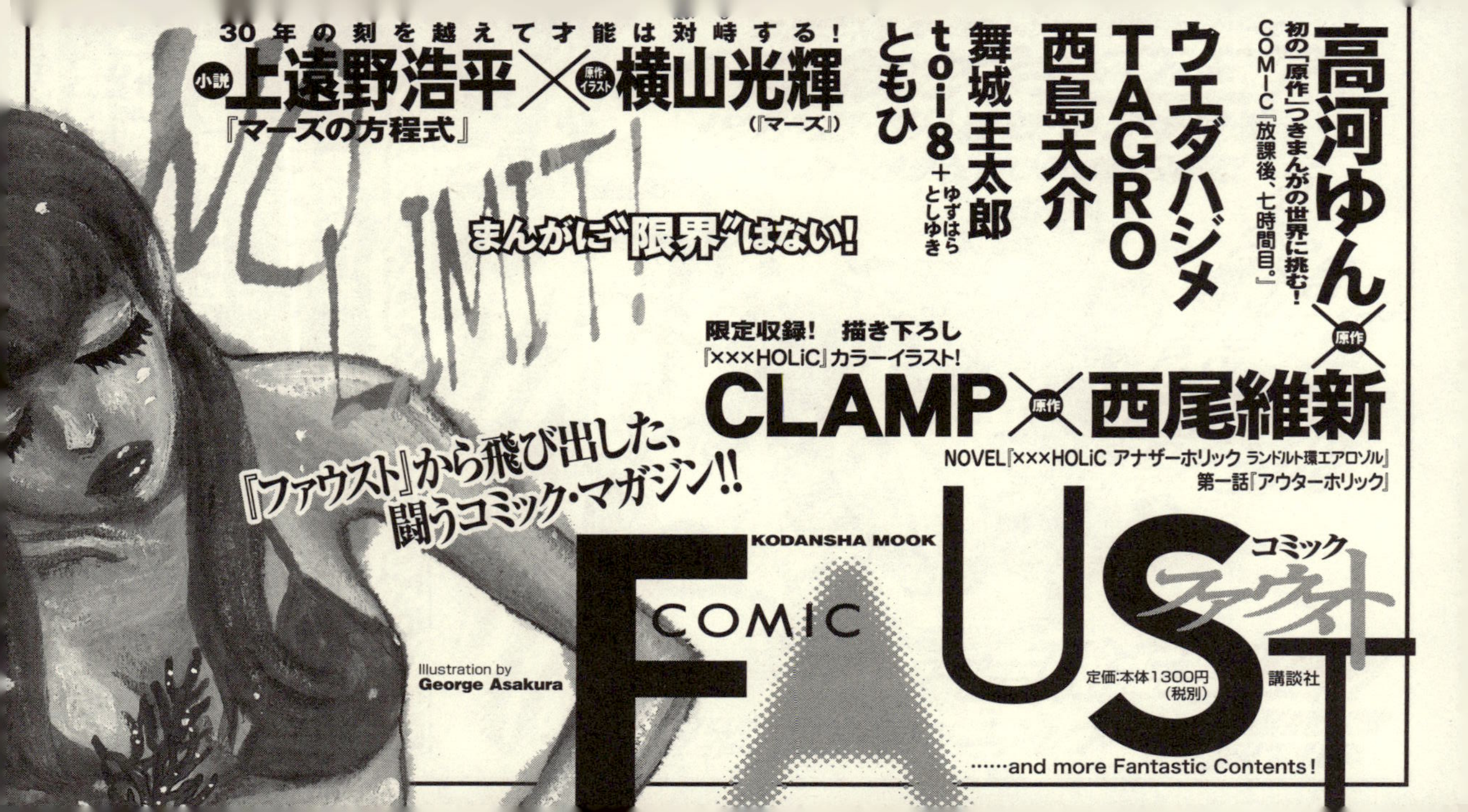
30年の刻を越えて才能は対峙する！
小説 上遠野浩平×原作・イラスト 横山光輝
『マーズの方程式』
（『マーズ』）
NO LIMIT!
まんがに“限界”はない！
高河ゆん×原作
初の「原作」つきまんがの世界に挑む！
COMIC『放課後、七時間目。』
ウエダハジメ
TAGRO
西島大介
舞城王太郎
toi8＋ゆずはらとしゆき
ともひ
限定収録！　描き下ろし
『×××HOLiC』カラーイラスト！
CLAMP×原作 西尾維新
NOVEL『×××HOLiC アナザーホリック ランドルト環エアロゾル』
第一話『アウターホリック』
『ファウスト』から飛び出した、
闘うコミック・マガジン!!
KODANSHA MOOK
COMIC FAUST
コミック ファウスト
定価:本体1300円（税別）
講談社
Illustration by George Asakura
……and more Fantastic Contents！

西尾維新著作リスト
@講談社NOVELS

エンターテインメントは維新がになう！

戯言シリーズ イラスト／竹

『クビキリサイクル　青色サヴァンと戯言遣い』
『クビシメロマンチスト　人間失格・零崎人識《ぜろざきひとしき》』
『クビツリハイスクール　戯言遣いの弟子』
『サイコロジカル（上）　兎吊木垓輔《うつりぎがいすけ》の戯言殺し』
『サイコロジカル（下）　鬼《ひ》かれ者の小唄《こうた》』
『ヒトクイマジカル　殺戮《さつりく》奇術の匂宮《におうのみや》兄妹』
『ネコソギラジカル（上）　十三階段』
『ネコソギラジカル（中）　赤き征裁 vs. 橙なる種』
『ネコソギラジカル（下）　青色サヴァンと戯言遣い』

戯言辞典 イラスト／竹

『ザレゴトディクショナル　戯言シリーズ用語辞典』

JDC TRIBUTEシリーズ

『ダブルダウン勘繰郎《かんぐろう》』イラスト／ジョージ朝倉
『トリプルプレイ助悪郎《すけあくろう》』（刊行時期未定）

「きみとぼく」本格ミステリ イラスト／TAGRO

『きみとぼくの壊れた世界』

零崎一賊 イラスト／竹

『零崎双識の人間試験』
『零崎軋識の人間ノック』

りすかシリーズ イラスト／西村キヌ（CAPCOM）

『新本格魔法少女りすか』
『新本格魔法少女りすか２』

豪華箱入りノベルス

『ニンギョウがニンギョウ』